GLI INSUPERABILI

173

Della stessa autrice

Non cercarmi mai più
Cercami ancora
Io ti cercherò
Tu mi cercherai
Amore illegale

Titolo originale: *Tamed*

First published by Gallery Books, A Division of Simon & Shuster, Inc.

Traduzione dall'inglese di Cecilia Pirovano e Carla De Pascale

Prima edizione in questa collana: luglio 2015

Roma, Casella postale 6214

ISBN 978-88-541-8041-3

www.newtoncompton.com

Realizzazione a cura di Librofficina, Roma
Stampato su carta prodotta con cellulose senza cloro gas provenienti da foreste
controllate e certificate, nel rispetto delle normative ecologiche vigenti

Emma Chase

Io ti cercherò

Tangled Series

Newton Compton editori

Questo libro è per tutti i "bravi" ragazzi
e le ragazze "strambe" al mondo.
Perché possiate trovarvi e godervi insieme
le montagne russe della vita.

Capitolo 1

Nel corso delle ultime settimane, è stato portato alla mia attenzione il fatto che a volte alle donne piace davvero piangere. Piangono per i libri, per i programmi televisivi, per le orribili pubblicità con gli abusi sugli animali e per i film, soprattutto per i film. Sedersi apposta per guardare qualcosa che sai che ti renderà triste? Non ha alcun senso, che cavolo.

Ma va bene; la prenderò come un'altra delle cose che non capirò mai della mia ragazza. Sì, ho detto ragazza. Dee Warren è ufficialmente la mia ragazza.

Ripeto per quelli in ultima fila – ragazza – Delores – *mia*.

A ridirlo do l'impressione di un'adolescente ossessionata da Harry Styles, ma non me ne frega un cavolo. Perché è stata una vittoria sudata – se sapeste cosa ho dovuto passare per conquistarla, capireste.

Comunque, torniamo a ciò che stavo dicendo. Alle ragazze piace piangere… ma questa non è la solita storia. Niente migliore amica in fin di vita, niente passato oscuro pieno di torture, niente segreti nascosti, niente sfavillanti rotture tra vampiri e niente sesso perverso.

Be'… okay… un po' di sesso perverso c'è, ma di quello buono.

Questa è la storia di un dongiovanni, che incontra una ragazza un po' matta. I due si innamorano e lui cambia per sempre il suo stile di vita. Probabilmente l'avete già sentita, magari persino dal mio amico, Drew Evans. Ma il fatto è che, mentre lui e Kate cercavano di risolvere i loro casini, c'era questo universo parallelo con Delores e me di cui voi non sapevate nulla. Perciò, anche se pensate di sapere già come andrà a finire, restate nei paraggi. Perché la parte migliore di un viaggio non è quando si arriva a destinazione, ma tutte le cose folli che succedono lungo il percorso.

Prima di cominciare, vi servirebbe avere qualche informazione di base. Prima di tutto, Drew è un grande, un vero migliore amico. Se fossimo nel Rat Pack, lui sarebbe Frank Sinatra e io Dean Martin. Anche se siamo molto legati, in fatto di donne la vediamo diversamente. A questo punto della storia, lui si considera ancora uno scapolo a vita. Ha tutta una serie di regole sul non portare mai a casa una pollastra, mai uscire con qualcuno con cui lavora. C'è poi la Regola Cardinale: mai uscire due volte con la stessa donna.

Al contrario, a me non interessa dove scopo – da me, da lei, sul ponte di osservazione dell'Empire State Building.

Quella sì che è stata una gran serata.

Non ho nemmeno nulla in contrario a vedermi con qualcuna dell'ufficio – anche se la maggior parte delle tipe nel mio settore sono fumatrici incallite, stressate, dipendenti dal caffè e ce l'hanno con il mondo intero. Non mi faccio problemi a uscire con la stessa donna in diverse occasioni, a patto che continui a divertirmi. E, un giorno, mi immagino accasato: matrimonio, figlio, tutto il pacchetto.

Ma mentre cerco quella Giusta? Me la spasso con tutte le signorine Sbagliate.

In secondo luogo, vedo sempre il bicchiere mezzo pieno. Non mi lascio abbattere da niente. La mia vita è fantastica – una bella carriera che mi permette di godermi i migliori giocattoli per uomini sul mercato, amici stupendi e una famiglia stramba ma affettuosa. La parola *emo* non esiste nel mio vocabolario, ma il mio secondo nome avrebbe dovuto essere *carpe diem*.

E poi c'è Delores Warren – Dee, se volete entrare nelle sue grazie. In base agli standard attuali, è un nome insolito, ma a lei calza a pennello. Perché anche lei è insolita – diversa – nel miglior modo possibile. È di una sincerità spietata, e sottolineo spietata. È forte e non gliene frega un emerito cavolo di quello che la gente pensa di lei. È fedele ai suoi princìpi e non si scusa per quello che vuole o per come è fatta. È selvaggia e bellissima… un purosangue selvatico che corre meglio senza sella.

Ed è stato lì che mi sono quasi sbagliato. Volevo domarla. Pensavo di avere la pazienza necessaria, ma ho spinto troppo e tirato troppo le redini. E lei le ha spezzate.

Vi siete offesi perché ho paragonato la donna che amo a un cavallo? Fatevene una ragione, che cazzo – questa non è mica una storia che piacerebbe alla gente politicamente corretta.

Ma sto correndo troppo. Sappiate solo che Kate Brooks è una nostra collega nonché la migliore amica di Delores – lei è Thelma e Dee è Louise. E in tutti gli anni da cui conosco Drew – cioè da sempre – non l'ho mai visto reagire con una donna come ha fatto con Kate. La loro attrazione, anche se quasi antagonistica all'inizio, era palpabile. Chiunque dotato di occhi poteva vedere che erano presi di brutto l'uno dall'altra.

Be'... chiunque tranne loro.

Kate, come Delores, è una grande. Il tipo di donna che, nelle parole immortali usate da Eddie Murphy nel *Principe cerca moglie*, sa scuotere l'intelletto di un uomo così come i suoi testicoli.

Ci siete? Bene. Che la festa abbia inizio.

La mia vita è cambiata circa quattro settimane fa. In una normale giornata ordinaria, quando ho incontrato una ragazza che era tutto fuorché ordinaria.

Quattro settimane prima

«Matthew Fisher, Jack O'Shay, Drew Evans, lei è Dee-Dee Warren».

L'amore a prima vista non esiste. Non è possibile. Scusate se rovino i vostri sogni, ma è così. L'ignoranza potrà anche sembrare una benedizione, ma una volta tolto l'involucro di felicità, altro non è che mancanza di informazioni.

Per amare davvero una persona, bisogna conoscerla: le sue fisse, i suoi sogni, cosa la manda in bestia e cosa la fa sorridere, i suoi punti forti, quelli deboli e i difetti. Avete mai sentito quella frase della Bibbia, quella che si legge sempre ai matrimoni: «La carità è magnanima, benigna è la carità...»? Ecco, io ho una mia versione: l'amore è quando ti manca il sapore dell'alito mattutino di qualcuno. Quando pensi che sia bello, anche con il naso rosso come la renna Rudolph e con un nido al posto dei capelli. L'amore non è quando sopporti qualcuno malgrado i suoi difetti... è quando lo adori proprio per quelli.

Invece il desiderio a prima vista, quello sì che è reale. E

molto più comune. In effetti, quando la maggior parte degli uomini incontra una donna, nel giro dei primi cinque minuti sa in quale categoria farla rientrare: da scopare, da uccidere, da sposare. E la prima ha standard piuttosto bassi.

Mi piacerebbe poter dire di aver notato per prima cosa un aspetto romantico di Delores, come gli occhi, o il sorriso, o il suono della sua voce... ma non è così. Le ho guardato le poppe. Sono sempre stato un tipo da tette, e quelle di Dee erano fantastiche. Appena strabordanti da una magliettina attillata rosa shocking, schiacciate tra loro a creare un solco allettante, magnificamente incorniciate da un maglioncino grigio fatto a maglia.

Prima ancora che mi rivolgesse la parola, desideravo già il davanzale di Delores Warren.

La lascio chiacchierare con Drew per un minuto, poi attiro la sua attenzione. «Allora, Dee-Dee... sta per qualcosa? Donna, Deborah?».

Due occhi caldi color del miele si voltano verso di me. Ma prima che possa rispondere, Kate svuota il sacco. «Delores. È un nome di famiglia, sua nonna si chiamava così. Lei lo odia».

Delores le lancia un'occhiataccia scherzosa.

Se volete impressionare una ragazza, con l'umorismo andate sempre sul sicuro. Vi permette di mostrare a una donna che siete intelligenti, furbi e sicuri di voi. Avete le palle? Fatele vedere.

Ecco perché dico all'amica di Kate: «Delores è un nome stupendo, per una ragazza stupenda. E poi, fa rima con *clitoris*, clitoride... e io me ne intendo abbastanza. Sono un appassionato».

Come previsto, la battuta sortisce un effetto immediato. Lei mi sorride piano e si fa scorrere un dito sul labbro inferiore, con fare allusivo. Una donna si tocca in risposta alle parole di un ragazzo? È sempre un buon segno.

Poi lei distoglie lo sguardo e si rivolge a tutti: «Comunque, devo scappare, devo andare al lavoro. È stato bello conoscervi, ragazzi». Dee-Dee abbraccia Kate e mi fa l'occhiolino. *Altro buon segno.*

La osservo mentre si allontana e non posso fare a meno di notare che da dietro è bella come da davanti.

Drew chiede a Kate: «Deve andare al lavoro? Pensavo che gli strip club non aprissero prima delle quattro».

Devo concederglielo. Dopo averne frequentati tanti come noi, si comincia a riconoscere un certo schema. I vestiti delle donne – per quanto ridotti al minimo – sono simili. Come se andassero tutti a fare shopping nello stesso negozio. E di certo Dee ha l'aria di essere uscita da Strippers R Us.

Anche se magari è solo un'illusione da parte mia. Sarebbe fantastico se fosse una ballerina. Non solo sono agili, ma sanno come ci si diverte. Non hanno nessunissima inibizione. E il fatto che abbiano una bassa opinione dei maschi in generale è un ulteriore bonus. Perché significa che anche il più semplice gesto cavalleresco viene ricompensato con estrema gratitudine. E una spogliarellista grata è pronta a regalare pompini.

Ma Kate distrugge le mie speranze. «Dee non è una spogliarellista. Si veste così per confondere la gente. Così restano tutti scioccati quando scoprono cosa fa davvero».

«E cosa fa?», domando.

«È una scienziata aerospaziale».

Jack mi legge nel pensiero. «Cazzo, ci prendi in giro».

«Temo di no. Delores è una chimica. Tra i suoi clienti c'è la NASA. Il suo laboratorio si occupa di incrementare l'efficienza del carburante che usano per le navette spaziali». Rabbrividisce. «Dee-Dee Warren che ha accesso a sostanze altamente esplosive... cerco di non pensarci».

E adesso la mia curiosità ha quasi raggiunto il livello del mio desiderio. Ho sempre avuto un debole per gli aspetti insoliti – esotici – nelle donne, come nella musica e nei libri. E, a differenza di Drew, il cui appartamento è arredato alla perfezione, io tendo a essere attratto da oggetti con una storia. Anche se non stanno bene insieme, se non sono tradizionali sono sempre interessanti.

«Brooks, devi mettermi in contatto con lei. Sono un bravo ragazzo. Lasciami uscire con la tua amica. Non se ne pentirà».

Kate ci pensa su. Poi dice: «Okay, certo. Sembri proprio il tipo di Dee». Mi passa un biglietto da visita verde fosforescente. «Ma ti avviso. Lei è il tipo di ragazza che ti ama e poi ti lascia con i lividi. Se cerchi qualcuno con cui spassartela per una o due notti, allora chiamala. Ma se cerchi qualcosa di più, io starei alla larga».

Adesso so come si sentiva Charlie quando stringeva tra le mani il biglietto d'oro per la fabbrica di cioccolato di Willy Wonka.

Mi alzo e do un bacio sulla guancia a Kate. «Tu... sei la mia nuova migliore amica».

Forse dovrei abbracciarla – solo per far incazzare il mio amico accigliato – ma non voglio rischiare di beccarmi un pugno nelle palle. Ho dei piani per loro. E devono essere al top della forma.

Kate dice a Drew di non mettere il muso e lui fa un commento sulle sue tette, ma ormai li ascolto solo in parte. Perché sono troppo impegnato a pensare a dove portare Delores Warren per un drink – o più di uno. E a tutte le fantastiche attività lascive che di certo seguiranno.

Dunque, ecco com'è cominciata. Non dovevano esserci complicazioni – niente amore a prima vista, niente gesti esagerati, niente sentimenti forti. Una cosa sicura, un po' di divertimento, una cosa da una notte e via con possibilità di un secondo incontro. Stando alle parole di Kate, era quello che voleva Dee, ed era tutto ciò che cercavo anch'io. Tutto quello che, nei miei piani, sarebbe stato.

Elvis Presley aveva ragione. *Fools Rush In*, gli stupidi agiscono senza riflettere. E, se ancora non l'avete capito, io sono il campione degli stupidi.

Capitolo 2

Molte persone vivono per il lavoro. Non perché siano costrette da un punto di vista finanziario, ma perché quello che fanno per vivere corrisponde a quello che sono – la professione che esercitano dà loro fiducia, uno scopo, magari persino una scarica di adrenalina. Non è sempre un male. L'ufficio è come un parco giochi per un uomo d'affari, l'aula di un tribunale per un avvocato è come casa propria. E se mai avrò bisogno di un chirurgo? Mi lascerò avvicinare solo da un conclamato malato di lavoro.

Detto ciò, lavoro in una delle banche d'investimento più rispettate e prestigiose della città. Faccio bene il mio mestiere, la paga è buona, offro un bel servizio ai miei clienti, li rendo felici e ne trovo continuamente di nuovi. Ma non direi che lo adoro. Non è una passione. Quando morirò, non avrò il rimpianto di aver passato troppo poco tempo in ufficio.

Da questo punto di vista assomiglio a mio padre. Lui è devoto all'azienda che ha fondato insieme a John e a George, ma non permette ai suoi obblighi di interferire con il golf. Ed è un uomo di famiglia vecchio stampo, lo è sempre stato. Quando ero piccolo, la cena veniva servita alle sei in punto. Ogni sera. E se il mio culo non era sulla sedia della sala da pranzo, meglio per me che fossi al pronto soccorso, o avrei passato le pene dell'inferno.

Le discussioni a tavola vertevano soprattutto su «Cos'hai fatto oggi?» e la risposta «Niente» non è mai stata accettata. In quanto figlio unico, non avevo fratelli o sorelle che distraessero i miei genitori dal tenermi d'occhio. Il mio vecchio conosceva bene le insidie potenziali del crescere con certi privilegi a New York City, ed eccome se si è assicurato che io restassi fuori dai guai!

Be'... per la maggior parte del tempo, diciamo.

Ogni bambino si merita di finire almeno un po' nei guai. Per imparare a sfruttare il proprio ingegno e prendere decisioni su due piedi. E se un adolescente non può avere una vita sua, una volta al college andrà fuori di testa. E potrebbe finire male.

Le tre regole di base di mio padre erano: prendi voti alti, tieni la fedina penale pulita e la patta chiusa.

Due su tre non è male, no?

Anche se mio padre sa quanto sia importante la famiglia e separare il lavoro dal piacere, ciò non significa che io abbia avuto libero accesso all'azienda solo perché sono suo figlio. Anzi, credo che mi faccia il culo molto più che agli altri impiegati, tanto per evitare qualsiasi accusa di favoritismo. Non tollererebbe mai nessuna scorrettezza in ufficio. Vi si avventerebbe contro come la lama di una ghigliottina.

Un altro motivo per cui mio padre e i suoi soci sono riusciti a creare un'azienda di tale successo è perché ognuno di loro porta al gruppo il proprio talento unico. John Evans, il padre di Drew e Alexandra, è come Sberla dell'A-Team. È quello che incanta, che convince – si assicura che i clienti siano felici e gli impiegati non solo soddisfatti, ma entusiasti. Poi c'è George Reinhart – il padre di Steven. George è il cervello delle operazioni. Non che mio padre e John siano scarsi da questo punto di vista, ma George è come Stephen Hawking senza la SLA. È l'unico uomo che conosco a cui piacciano davvero gli aspetti tecnici e matematici del lavoro in una banca d'investimento.

Poi c'è mio padre, Frank – i muscoli. L'intimidatore. È un uomo di poche parole, perciò quando parla è meglio starlo a sentire, perché vuol dire che sta dicendo qualcosa di importante. E non si fa problemi a licenziare la gente. In confronto a lui, Donald Trump è una femminuccia. Non importa se sei l'unico in famiglia a portare a casa lo stipendio o se sei all'ultimo trimestre di gravidanza – se non fai il tuo lavoro, ti ritrovi con il culo a terra. Non si commuove davanti alle lacrime e di rado concede una seconda possibilità. Fin da quando ero piccolo, ha sempre detto: «Matthew, la famiglia è la famiglia, gli amici sono amici e il lavoro è lavoro. Non confonderli».

Anche se è un osso duro, è sempre corretto. Onesto. Metti sempre i puntini sulle I e non avrai problemi. Io mi assicuro sempre di farlo. Non solo perché preferirei tenermi il lavoro, ma perché... non vorrei mai deludere il mio vecchio. Purtroppo, ormai è cosa rara. Al giorno d'oggi è pieno di coglioni che non pensano affatto a rendere orgogliosi i propri genitori – ma è così che siamo stati cresciuti Drew, Alexandra, Steven e io.

Comunque, torniamo alla nostra storia.

Dopo il pranzo con i ragazzi, passo il resto del pomeriggio alla scrivania, a stendere un contratto e ingraziarmi i clienti al telefono. Verso le sei, sto raccogliendo le mie cose quando Steven entra dalla porta, tutto allegro.

«Indovina chi ha passato la pausa pranzo in fila con altri fanatici giocatori per l'ultima dose?».

Infilo un fascicolo nella valigetta per una noiosa lettura prima di dormire. Non volete vivere incatenati a una scrivania? La gestione del tempo è fondamentale.

Rispondo: «Saresti tu?».

Mi sorride e annuisce. «Ben detto, fratello. E guarda cosa ho rimediato».

Solleva un pacchetto quadrato avvolto nel cellophane.

Ai tempi di mio padre, i ragazzi si ritrovavano di tanto in tanto per andare a pesca o a bere al pub del posto e rilassarsi dopo una lunga giornata di lavoro. Ma ciò che Steven stringe tra le mani crea molta più dipendenza dell'alcol ed è di gran lunga molto più divertente che infilare esche su un amo.

È l'ultima edizione di *Call of Duty*.

«Bello». Prendo il pacchetto e lo giro, per controllare la nuova grafica resa più realistica.

«Ci sei per una missione stasera? Verso le nove?».

In caso non lo sapeste già, Steven è sposato. E non solo è sposato, ma sua moglie è Alexandra, Evans da nubile, altrimenti nota come la Stronza. Ma quest'ultima parte non l'avete sentita da me.

Una moglie normale è una palla al piede? Alexandra è un carro armato.

Tiene Steven al guinzaglio – non lo lascia venire nei locali il sabato sera e gli concede una sola serata di poker al mese. Anche se lui non è il tipo da scappatella, lei pensa che uscire con noi amici spensierati e single avrebbe una cattiva influenza sul marito. E… probabilmente ha ragione.

Ma, come ogni buon secondino sa, i detenuti si possono imprigionare solo fino a un certo punto. Puoi rinchiuderli in gabbia dieci ore al giorno, bandire l'ora d'aria… ma togliergli le sigarette? Ti ritroverai con una vera e propria rivolta.

L'Xbox è l'unico vizio concesso a Steven. Purché quando gioca non disturbi il sonno della figlia, Mackenzie. Una volta Steven ha fatto un po' troppo rumore durante un'imboscata e l'ha svegliata. Gli è stato proibito di giocare per una settimana. E ha imparato la lezione.

«Certo, amico, conta su di me».

Gli ripasso il gioco e mi sento dire: «Bene. Ci vediamo alle ventuno, signore». Poi mi fa il saluto militare e se ne va.

Qualche minuto dopo, afferro la valigetta e il borsone per la palestra e lo seguo. Mentre mi avvio all'ascensore, faccio una capatina nell'ufficio di Drew.

Lo trovo chino sulla scrivania coperta di carte, a prendere appunti su un documento con la biro rossa.

«Ehi».

Alza lo sguardo. «Ehi».

«Xbox stasera, alle nove. Steven ha il nuovo *Call of Duty*».

Drew riporta l'attenzione sui fogli e risponde: «Non posso. Sarò qui fino alle dieci, almeno».

Ho parlato della gente che vive per il lavoro? Drew Evans rientra nella categoria.

Ma per lui va bene. Non è un impiegato disordinato e ansioso che pensa solo a timbrare il cartellino – è l'esatto contrario. Gli piace davvero sgobbare; si esalta quando deve negoziare un affare, anche quando si tratta di imporre una vendita. Perché sa che può chiuderla, e che probabilmente è l'unico a potercela fare.

Be'... almeno fino a quando tra le nostre fila è venuta ad aggiungersi una certa brunetta.

Guardo verso l'ufficio di Kate. È alla scrivania, la fotocopia di Drew... ma molto più sexy.

Mi appoggio alla sedia e commento: «Hai sentito che Kate sta per firmare con la Pharamatab?».

Sempre senza alzare lo sguardo, lui mormora con fare scorbutico: «Sì, l'ho sentito».

Mi scappa un sorrisetto. «Sarà meglio che ti dai una mossa, amico. Se ce la fa a chiudere, il tuo vecchio sarà così su di giri che non mi stupirei se la adottasse. E l'incesto è illegale a New York, anche tra figli adottivi».

Gli amici ci sono apposta per rompere le palle. È come quando le donne si baciano sulle guance senza toccarsi. Un segno d'affetto.

«Ma immagino che l'incesto non sarebbe comunque un'opzione, visto come continua a respingerti».

«Succhiamelo».

Ridacchio. «Non questa sera, caro. Ho mal di testa». Poi vado alla porta. «Divertiti».

«Dopo».

Uscito dall'ufficio salto in metropolitana, come faccio ogni giorno dopo il lavoro, per andare in palestra. È a Brooklyn ed è un posto davvero essenziale. C'è chi la definirebbe una discarica, ma per me è un diamante grezzo. Il pavimento è duro e sporco e allineati contro la parete di fondo stanno dei sacchi da boxe rossi e consumati. Ci sono dei pesi impilati davanti a uno specchio scheggiato e una cassetta piena di corde per saltare accanto al vogatore solitario. Niente casalinghe annoiate vestite di elastam in cerca di rimorchiare o di sfoggiare l'ultimo intervento di chirurgia plastica. Niente macchine ellittiche né tapis roulant ipertecnologici come quelli che si trovano nella sala esercizi del mio palazzo. Io vengo qui per sudare e sforzare i muscoli fino al limite con gli esercizi calistenici. E, soprattutto, vengo qui per il ring al centro della palestra.

La prima volta che ho visto *Rocky* avevo dodici anni. È ambientato a Philadelphia, ma sarebbe benissimo potuto essere a New York. Da allora sono sempre stato un appassionato di boxe. Non ho intenzione di abbandonare il mio lavoro e allenarmi per il titolo dei pesi massimi o niente del genere, ma non esiste allenamento migliore di qualche round sul ring con un avversario decente.

Il proprietario è Ronny Butler – il tipo nell'angolo del ring, sulla cinquantina, con un accenno di barba sul mento, la felpa grigia e un pesante crocifisso d'oro al collo, impegnato a criticare urlando i due avversari che si allenano danzando uno intorno all'altro. Ronny non è Mickey, ma è un brav'uomo, e un allenatore ancora migliore.

Nel corso degli anni, ho racimolato qualche informazione che si è lasciato sfuggire quando restavo solo io alla chiusura. Alla fine degli anni Ottanta, Ronny era un pezzo grosso di Wall Street e aveva una vita da sogno. Poi, un venerdì sera, lui e la sua famiglia erano in macchina diretti negli Hamptons per il fine settimana. Lui era rimasto bloccato al lavoro e così erano partiti tardi, e un camionista stanco si era addormentato al volante, aveva superato lo spartitraffico ed era finito nell'altra carreggiata, centrando in pieno la BMW di Ronny. Lui se l'era cavata con una commozione cerebrale e il femore frantumato. La moglie e la figlia invece non se l'erano cavata per niente.

In seguito trascorse alcuni anni attaccato alla bottiglia e qualche altro a disintossicarsi. Poi investì i soldi del risarcimento per comprare questo posto. Non che sembri amareggiato o triste, ma non lo definirei nemmeno felice. Credo che la palestra gli permetta di andare avanti, che gli dia una ragione per alzarsi al mattino.

«Fatti indietro, Shawnasee!», grida Ronny al pugile che ha costretto l'avversario con cui si allena contro le corde e lo prende a pugni nelle costole. «Qui non siamo a Las Vegas, che cazzo, lascialo respirare».

Questo Shawnasee è uno stronzo. Conoscete il tipo: giovane, testa calda, il coglione che scenderebbe dalla macchina per pestare un povero imbranato che gli ha tagliato la corsia in autostrada. Ed è un altro motivo per cui mi piace la boxe – ti fornisce l'opportunità perfetta per mettere gli idioti al loro posto senza rischiare un'accusa per aggressione. Sono mesi ormai che Shawnasee cerca di provocarmi per portarmi sul ring, ma battersi con qualcuno che ha una tecnica di merda non è per nulla divertente. Per quanto colpisca forte, non ha chance di vincere. Sto aspettando che migliori un po' e poi gli farò il culo.

Incrocio lo sguardo di Ronny che separa i pugili e lo saluto con un cenno del capo. Poi mi dirigo nello spogliatoio, mi tolgo il completo e mi do da fare al sacco per mezz'ora. Dopo passo al vogatore, fino a quando sento i bicipiti gridare e le gambe farsi di gelatina. Per finire, dieci minuti di salti veloci con la corda, che sembrerà anche facile, ma non lo è. Provate a farlo anche solo per metà di quel tempo e scommetto che vi sembrerà di avere un arresto cardiaco.

Quando il ring si svuota, salgo e mi faccio tre round contro Joe Wilson, un avvocato dei quartieri alti con cui mi sono già allenato prima. Lui se la cava bene, ma sono senza dubbio io ad avere la meglio. Infine battiamo i guantoni in un gesto cordiale e torno nello spogliatoio a recuperare la mia roba. Uscendo, do a Ronny una pacca sulla schiena, salto in metro e me ne torno a casa.

Non mi vergogno di dire che sono stati i miei genitori a procurarmi il mio appartamento dopo il college. A quei tempi, questo posto era un tantino al di sopra delle mie possibilità economiche. Il quartiere è fantastico – posso andare a piedi in ufficio e ho una vista mozzafiato su Central Park. Visto che vivo qui da quando ho finito il college, non ha l'elegante coerenza che di solito ci si aspetta nella casa di un uomo d'affari di successo. Date pure un'occhiata in giro.

Alcuni divani in pelle nera stanno davanti a un grande televisore che sovrasta il miglior impianto stereo e le migliori console esistenti su un mobiletto in vetro. Anche il tavolino è in vetro, ma è smussato agli angoli dopo anni di scontri con piedi e bottiglie di vetro. A una parete è appeso un quadro con la scura cima di una montagna firmato da un famoso artista giapponese e, su appositi ganci su quella opposta, c'è la mia collezione di cappelli da baseball vintage. Nell'angolo è appollaiata una vetrinetta illuminata, con il premio in cristallo che ho ricevuto l'anno scorso al MERITO PER LA CONSULENZA AGLI INVESTIMENTI... e l'elmetto originale di Boba Fett usato nella registrazione dell'*Impero colpisce ancora*. Alcune librerie in legno scuro incassate nel muro sono piene di cimeli sportivi da collezione, libri di arte, fotografia e sul settore bancario e di una decina di cornici spaiate con foto di familiari e amici nei momenti migliori della mia vita. Foto che ho scattato io stesso.

La fotografia è uno dei miei hobby. Ne riparliamo più avanti.

Nella sala da pranzo, invece di un inutilissimo tavolo con sedie, c'è un biliardo e un videogioco di *Space Invaders*. Ma la cucina è ben attrezzata – banconi in granito nero, pavimento in marmo italiano, elettrodomestici in acciaio inossidabile e pentole che lo chef Emeril sarebbe onorato di possedere. Mi piace cucinare, e mi riesce bene.

La via per il cuore di un uomo passa dal suo stomaco – ma è anche la strada più diretta per infilarsi nelle mutande di una ragazza. Per le donne, un uomo che sa muoversi in cucina è un bel vantaggio. Ditemi pure se sbaglio.

Comunque, il mio appartamento è il massimo. È grande ma confortevole, impressionante ma non intimidatorio. Dopo essermi lavato nel box doccia in vetro con tre getti, mi asciugo e mi rimiro per un minuto nello specchio a figura intera. I capelli di solito castano chiaro sono scuri perché sono bagnati e spuntano dall'asciugamano formando strani angoli. Dovrei farli accorciare – se li lascio crescere troppo diventano ricci come quelli di un ragazzino. Strofino l'accenno di barba sulla mascella squadrata, ma non ho voglia di radermi. Mi giro di lato e fletto il bicipite, orgoglioso del muscolo che si gonfia.

Non sono grosso come un culturista, ma sono sodo, snello e potente, con la pelle così tesa sugli addominali che non riuscireste a tirarla nemmeno di un centimetro.

Stare a guardarmi allo specchio potrà anche sembrarvi riprovevole, ma fidatevi – tutti i maschi lo fanno. Solo che non ci piace essere beccati mentre lo facciamo. Ma quando si investe così tanto tempo nel proprio corpo come faccio io, il risultato finale ripaga della fatica.

Infilo un paio di boxer in seta e mi scaldo un piatto di pasta e pollo avanzati. Non sono italiano, ma mangerei pasta tutti i giorni se potessi. Quando finisco di lavare i piatti sono all'incirca le otto e mezzo. Sì, sono il tipo che si lava i piatti.

Siate pure gelose, signore – sono una razza rara.

Poi mi lascio cadere sul mio bel letto gigante e prendo il biglietto d'oro dalla tasca dei pantaloni abbandonati per terra.

Passo le dita sulle lettere del cartoncino verde acceso.

DEE WARREN

CHIMICA

LINTRUM FUELS

E mi viene in mente la pelle morbida e liscia che spuntava dall'orlo della maglietta rosa e aderente. Sento fremere l'uccello – si vede che se la ricorda anche lui.

Di norma aspetterei un giorno o due prima di chiamare una ragazza come Delores. Il tempismo è tutto. Mostrarsi troppo impaziente è un errore da principianti – alle donne piace sentirsi sul collo il fiato dei cuccioli, non degli uomini.

Ma è già mercoledì sera e spero di vederla venerdì. Il XXI secolo è l'era dei libri come *La verità è che non gli piaci abbastanza*, *Gli appuntamenti per gli stupidi* e *Guida agli appuntamenti per ragazze*, il che significa che chiamare una pollastra per un'uscita casuale non è più facile come una volta. Adesso ci sono tutte queste *regole* del cavolo – l'ho scoperto a mie spese.

Del tipo che se uno vuole uscire la sera stessa in cui telefona, una ragazza dovrebbe rifiutare perché vuol dire che lui non la rispetta. E se vuole portarla fuori il martedì, è un segnale del fatto che ha qualcosa di meglio in programma per il sabato.

Cercare di stare al passo con questi editti in costante cambiamento è più difficile che stare dietro a quel cavolo di dibattito sulla sanità al Congresso. È un campo minato – un passo falso e il tuo uccello resta fuori dai giochi per un sacco di tempo. Ma d'altra parte, se scopare fosse semplice, lo farebbero tutti. Quello… e molto poco altro.

Il che mi porta al pensiero successivo: so che le femministe si lamentano sempre del fatto che il potere sia in mano agli uomini. Ma cosa mi dite quando si tratta di appuntamenti – almeno in America? Non è per niente così. Nei locali, il fine settimana, la decisione spetta sempre e solo alle donne. Hanno la scelta migliore perché i maschi single non rifiuterebbero mai un incoraggiamento.

Immaginatevi la scena: musica a palla, corpi che si strusciano e una donna non orrenda che si avvicina a un tipo che beve al bar. Lei dice: «Voglio scoparti fino a farti perdere i sensi». E lui risponde: «No, stasera non sono dell'umore per fare sesso». COME NO.

Le ragazze non devono mai preoccuparsi di un rifiuto –

purché non puntino troppo in alto rispetto alle
sibilità. Non devono mai stressarsi chiedendo
avranno fortuna. Per le donne, il sesso è come un buffet libero – devono solo scegliere un piatto. Dio ha creato gli uomini con un forte impulso sessuale per assicurare la sopravvivenza della specie. Siate fertili e moltiplicatevi e tutto quanto. Per i ragazzi come me, che sanno quello che fanno, non è esattamente difficile. Ma per i miei fratelli non altrettanto esperti, riuscire a farsi qualcuno può rivelarsi un compito scoraggiante.

Avverto una leggera scarica di adrenalina mentre prendo il telefono e compongo il numero di cellulare indicato sul biglietto da visita. Non è che sono nervoso, più… in cauta trepidazione. Con la mano batto sulla gamba il tempo di *Enter Sandman* dei Metallica e sento lo stomaco contorcersi a ogni squillo del cellulare.

Immagino che si ricordi di me – dopotutto le ho fatto un'impressione abbastanza buona e credo che sarà disposta a incontrarmi – magari è persino impaziente. Quello che non mi aspetto è la voce che mi percuote il timpano gridando: «No, coglione, non voglio sentire di nuovo quella solfa! Che cazzo, chiama Kate se ti serve un pubblico!».

Allontano un po' il telefono dall'orecchio. E controllo il numero per assicurarmi che sia giusto.

Poi dico: «Uh… pronto? Dee?».

Segue una pausa mentre lei capisce che non sono il coglione.

E risponde: «Sì, sono Dee. Chi è?»

«Ehi, sono Matthew Fisher. Lavoro con Kate – ci siamo incontrati oggi alla tavola calda».

Un'altra breve pausa, e poi la sua voce si ammorbidisce: «Oh sì. Il ragazzo del clitoride, giusto?».

Rido di gusto, anche se non sono del tutto sicuro che il soprannome mi piaccia, ma se non altro ho lasciato il segno. Promemoria per me: usare di nuovo la battuta.

«Sono io».

«Scusa per prima. È tutto il giorno che mio cugino mi sta attaccato al culo».

Sento l'uccello stiracchiarsi al pensiero del suo culo e mi obbligo a fermarmi prima di offrirmi per fare cambio con il cugino.

«Cosa posso fare per te, Matthew Fisher?».

La mia immaginazione parte in quarta. E con tutti i dettagli. *Oh, le cose che potrebbe fare…*

Per un attimo ho il dubbio se l'abbia detto di proposito o se invece sono io che sono solo un povero arrapato.

Vado sul sicuro. «Mi chiedevo se ti andasse di vederci qualche volta, per un drink».

Un'altra pausa. Perché, nonostante prima mi sia lamentato delle moderne complessità che gli uomini devono affrontare per uscire con una donna, mi sento in dovere di educare gli altri e spargere la voce su come decodificare il linguaggio maschile. Consideratemi come la versione macho di Edward Snowden o di Julian Assange. Forse dovrei creare un sito web tutto mio – lo chiamerei Peni-Leaks. Ripensandoci, è un nome di merda. Sembra quasi un sintomo di una malattia sessualmente trasmissibile.

Ricordate il giochino mentale di cui ho parlato prima, quello delle categorie "da scopare, da uccidere, da sposare"? Bene, se un uomo vi chiede di bere qualcosa o di uscire, allora siete di certo nella prima. No, niente discussioni – è così. Se un ragazzo vi chiede di uscire per un appuntamento o una cena, magari persino per andare al cinema, allora è probabile che rientriate comunque in quel gruppo, ma avete del potenziale per salire di grado.

Non siete obbligate a rispondere all'invito di un ragazzo sulla base di questa informazione; pensavo solo che voleste saperlo.

Ora, torniamo alla telefonata.

Percepisco un sorriso nella sua voce mentre accetta. «Ci sto sempre per un drink».

Ci sto. Altra allusione sessuale. Di certo non me lo sto immaginando. Questa *sì* che me la scopo.

«Bene. Sei libera venerdì?».

Per un attimo le mie orecchie sentono solo silenzio, poi lei suggerisce: «Che ne dici di stasera?».

Wow. Delores Warren deve aver saltato il capitolo dei due giorni di anticipo necessari per proporre una scopata.

Sono proprio un ragazzo fortunato.

E poi prosegue: «Cioè, potrebbe andare via la luce o l'acqua, gli alieni potrebbero finalmente decidere di invadere la Terra e rendere schiava l'intera razza umana…».

Questa mi mancava.

«Saremmo proprio due sfigati di merda. Perché aspettare fino a venerdì?».

Mi piace il modo di pensare della ragazza. Come dice il proverbio: "Non rimandare a domani chi potresti farti oggi". O… una cosa del genere, a ogni modo.

«Per me va bene stasera», accetto subito. «A che ora?».

Alcune ragazze ci mettono una vita intera a prepararsi. Cazzo, che seccatura. Andate in palestra o in spiaggia? Non c'è mica bisogno di farsi belle, signore.

«Ti va tra un'ora?».

Due punti per Dee – belle tette *e* poca manutenzione. Credo di essermi innamorato.

«Perfetto», le dico. «Dove abiti? Passo a prenderti».

Il mio palazzo ha un garage privato per gli inquilini. Molti newyorkesi spendono migliaia di dollari al mese per il parcheggio – solo per *non* usare la macchina a causa del traffico. Gli ingorghi non mi danno fastidio; calcolo sempre del tempo in più. Come ho detto prima – la gestione del tempo è fondamentale.

E c'è un'altra cosa: io non ho la macchina. Guido una Ducati Monster 1100 S fuori serie. Non ho intenzione di mettermi una giacca di jeans senza maniche e unirmi a una banda di motociclisti o niente del genere, ma le moto sono un'altra mia passione. Ci sono poche cose nella vita belle come guidare su un'autostrada in una fresca giornata d'autunno con il cielo azzurro, quando le foglie cominciano a cambiare. È la cosa più vicina a volare per un essere umano.

Tiro fuori la moto a ogni opportunità. A volte le ragazze fanno storie per il freddo o per i capelli che si scompigliano, ma alla fin fine le pollastre vanno pazze per le moto.

Delores risponde: «Ehm… perché non ci vediamo direttamente al locale?».

Una mossa saggia per una donna single. Così come non mettereste mai online il vostro numero di previdenza sociale, non date il vostro indirizzo a un tipo che conoscete appena. Il mondo è una gabbia di matti e le donne in particolare devono fare di tutto per assicurarsi che un qualche pazzo non trovi la strada per la loro porta di casa.

Ma, purtroppo, ciò significa anche che la piccola resterà a casa stasera. Mi dispiace un po'.

«Per me va benissimo».

Prima che io possa proporre un posto, ci pensa Dee. «Conosci Stitch, sulla West 37th?».

Certo che sì. Basso profilo, drink buoni, musica dal vivo e una comoda zona lounge. Visto che è mercoledì sera, non sarà affollato, ma nessun locale a New York è mai vuoto.

«Sì, lo conosco bene».

«Fantastico. Ci vediamo tra un'oretta».

«Perfetto».

Dopo aver riagganciato, non mi vesto subito. Non sono esigente in fatto di vestiti, come alcuni giovani professionisti mezzo asessuati, ma non sono nemmeno uno sciattone. Sono in grado di prepararmi per uscire in sette minuti spaccati. Perciò prendo il fascicolo dalla valigetta e sfrutto il tempo che mi resta per finire il lavoro che avevo intenzione di leggere prima di andare a letto. Perché pare proprio che non rivedrò le lenzuola tanto presto – e quando succederà, di certo non sarò solo.

Capitolo 3

Arrivo al locale in anticipo. Mi bevo una birra al bar e poi esco per una sigaretta. Sì, fumo. Prendete pure chiodi e martello e mettetemi in croce.

Lo so che non fa bene alla salute. Non ho bisogno di vedere quei disgustosi spot con gli organi interni di un paziente morto di cancro per capire che è una brutta abitudine – *grazie tante, sindaco Bloomberg.* Costringermi a uscire non mi impedisce di fumare, mi dà solo fastidio. È un inconveniente, non un deterrente.

Ma ci sto attento. Non butto i mozziconi per strada e non soffio il fumo in faccia agli anziani o ai bambini. Semmai accendessi una sigaretta nelle vicinanze di Mackenzie, Alexandra mi taglierebbe letteralmente la gola. Letteralmente.

Ho intenzione di smettere… alla fine.

Ma per il momento, i potenziali danni a lungo termine ai miei polmoni passano in secondo piano rispetto al fatto che fumare mi piace. È bello. Tutto qui. E tenetevi pure per voi gli stuzzichini, perché non c'è niente di meglio di una sigaretta per accompagnare una birra fredda. Come un buon sandwich con prosciutto e burro d'arachidi preparato dalla mamma.

Spengo la sigaretta sul muro del palazzo e la butto nel cestino della spazzatura per strada. Poi mi ficco in bocca una mentina. Perché – come ho detto – sono un tipo premuroso. Non so se anche Dee fuma oppure no, ma a nessuno piace infilare la lingua in bocca a qualcuno e sentire un sapore da posacenere. E avere la lingua di Dee in bocca… tra gli altri posti… di certo rientra tra i festeggiamenti della notte.

Torno nel locale e ordino una seconda birra. Bevo un sorso e noto che la porta d'ingresso si apre. La osservo mentre entra.

Pensavo che Delores fosse una gran figa quando l'ho incontrata nel pomeriggio? Devo farmi controllare la vista. Perché adesso lo è molto di più.

I capelli biondi ramati sono sciolti e con le punte arricciate, tirati indietro dal viso da una grossa fascia nera. Indossa una giacca nera elegante, a coprire un top bianco scollato. Dall'orlo della giacca sbucano appena dei pantaloncini bianchi, che rivelano le gambe lunghe e toniche color panna.

A completare il look porta un paio di scarpe bianche dal tacco altissimo. E il rossetto rosso le mette in evidenza la bocca.

È stupenda – scandalosamente splendida. Mettetela in una foto in bianco e nero e potrebbe benissimo stare in una campagna pubblicitaria di Calvin Klein. Il suo biglietto da visita non è quello d'oro di Charlie per la fabbrica di cioccolato, è più quello della lotteria – e io ho appena vinto il jackpot.

Ancora sulla soglia, scruta la stanza e mi vede. Io le faccio un cenno con la mano, con fare rilassato. Mi risponde con un sorriso e mostra i denti, dritti e lucenti.

«Ciao», mi dice quando è vicina.

«Ciao… quella giacca ti sta benissimo». Cominciate

con un complimento e non potete sbagliare. Le ragazze li adorano.

Il suo sorriso si fa beffardo. «Lasciami indovinare: "Ma starei molto meglio senza"?».

Ridacchio. «Non era quello che stavo per dire. Non userei mai una battuta così di cattivo gusto». Poi faccio spallucce. «Avrei detto: "Ma starebbe ancora meglio sul pavimento in camera mia"».

Lei ride di gola. «Sì, perché questa invece non è di cattivo gusto».

Scosto uno sgabello e lei si siede.

«Cosa bevi?», le chiedo.

Senza un attimo di pausa risponde: «Martini».

«Dirty?»

«Il Martini mi piace come il sesso». Mi fa l'occhiolino con fare provocante. «Sporco, *dirty*, è sempre meglio».

Sì, sono proprio innamorato.

Il barista si avvicina ma, prima che io possa ordinare per lei, Dee comincia a dargli una serie di istruzioni specifiche su come vuole il suo drink.

«Sessanta ml di gin, vacci giù pesante di vermouth, una goccia di salamoia delle olive…».

Il ragazzo con la camicia scozzese, e un viso infantile che dimostra a malapena ventun anni, pare smarrito. Dee se ne accorge e si alza. «Sai una cosa, ti faccio vedere, così è più facile». Si gira, salta con il sedere sul bancone e solleva le gambe per scavalcarlo – mentre io cerco di dare una discreta sbirciatina nei pantaloni. Se indossa l'intimo, dev'essere un tanga.

Il mio uccello elabora l'informazione e si drizza nei jeans, nella speranza di poter curiosare di persona.

In piedi dall'altra parte del banco, Dee prepara in fretta il drink, spiegando ogni mossa al barista impassibile. Lancia un'oliva in aria e la afferra con la bocca come un'esperta, per poi infilare uno stuzzicadenti con due olive nel bicchiere pieno di liquido chiaro.

Lo appoggia sul banco e lo indica con il palmo aperto. «Ed ecco il perfetto Dirty Martini».

Ho sempre creduto che si capisca molto della gente da quello che beve. Chi sceglie la birra è rilassato, alla mano o taccagno, a seconda della marca. I tipi da wine cooler tendono a essere immaturi o nostalgici. Chi tracanna Cristal e Dom Pérignon è appariscente e cerca troppo di farsi notare – ci sono un sacco di champagne altrettanto cari e squisiti, ma meno noti.

Cosa mi dice di Dee il cocktail che ha scelto? Che è complicata, con gusti molto specifici ma raffinati. E che è schietta, audace senza fare la stronza. Il tipo di ragazza che al ristorante manda indietro la bistecca se è cotta nel modo sbagliato, ma senza far venire voglia al cameriere di sputarle nel piatto.

Il barista alza le sopracciglia e mi rivolge un'occhiata amichevole. «Che tipino ti sei trovato, amico».

Dee scavalca di nuovo il bancone mentre io rispondo: «Così pare».

Quando lei è ormai seduta di nuovo sullo sgabello, commento: «Impressionante. Allora, immagino ti piaccia pensare a tutto, eh?».

Lei prende un sorso del drink. «Ho fatto la barista durante il college – mi ha reso molto particolare in fatto di alcol».

Bevo anch'io la mia birra e do inizio alle chiacchiere

della serata. «Kate mi ha detto che sei una chimica. Come funziona?».

Lei annuisce. «È come giocare al piccolo chimico tutti i giorni e venire pagato per farlo. Mi piace analizzare le cose – scomporle fino alle loro particelle più piccole – e poi divertirmi un po' con quello che trovo. Vedere con quali sostanze vanno d'accordo... e con quali no. Il secondo caso può essere piuttosto eccitante. Mi fa sentire un po' come se fossi in una squadra di artificieri».

Fa girare le olive nel bicchiere. «E tu sei un bancario?».

Annuisco. «Più o meno».

«Sembra davvero poco eccitante».

Inclino la testa da sinistra a destra mentre ragiono sul suo commento. «Dipende dal punto di vista. Alcuni affari sono scommesse rischiosissime. Fare soldi non è mai noioso».

Dee si gira sulla sedia e mi guarda in faccia.

Il linguaggio del corpo è importante. Di solito le persone compiono gesti involontari, ma una volta decifrati i sentimenti alla loro base potete ritrovarvi con una guida per la terra promessa o con il culo chiuso fuori dalle porte del paradiso. Se una ragazza incrocia le braccia o indietreggia, in genere significa che siete troppo aggressivi o che non è interessata a quello che vendete. Il contatto visivo, le braccia aperte, un'attenzione totale sono tutti segnali sicuri del fatto che ci sta – e che vuole qualcosa di più.

I suoi occhi mi squadrano in fretta dalla testa ai piedi. «Non hai l'aria di un bancario».

Sorrido. «E che aria ha un bancario?».

Passa in rassegna gli altri clienti al bar e nella zona

lounge. Il suo sguardo si posa su un tipo calvo di mezza età con un completo da quattro soldi, accucciato su uno scotch doppio con l'espressione di chi ha perso i risparmi di tutta una vita nel crollo del mercato azionario.

Dee lo indica con il mignolo dall'unghia laccata di rosso. «Come lui».

«Sembra più un becchino. O un pedofilo».

Lei ridacchia e ingurgita il resto del Martini.

Mi chino verso di lei e le domando: «Se non ho l'aria di un bancario, chi sembro?».

Mi sorride piano e toglie le olive dallo stuzzicadenti con la bocca.

«Uno spogliarellista».

Risposta favolosa. Non c'è bisogno che vi spieghi come mai, vero?

Con voce bassa e seducente rispondo: «Conosco qualche mossa niente male. Se nel mondo delle banche non va, lo spogliarello è il mio piano B».

Faccio cenno al barista per il secondo giro. Delores osserva le sue mosse con attenzione e si vede che lui non fa troppe stronzate perché, quando le mette davanti il bicchiere, lei gli concede un sorriso.

Poi mi dice: «Allora... il tuo amico Drew sta dando del filo da torcere alla mia amica. Non è una cosa saggia da fare».

«Drew ha uno strano rapporto con la competizione. Se la gusta, ma lo infastidisce anche. Nemmeno Kate c'è andata esattamente piano con lui. Lei fa del suo meglio in ufficio... credo che sia benissimo in grado di tenergli testa».

«Be', digli pure che dovrebbe fare attenzione a dove

mette i piedi. Sono molto protettiva quando si tratta di Katie – noi nativi dell'Ohio facciamo gruppo».

«Ma adesso sei a New York. "Ognuno per sé, che cazzo". È il secondo motto dello Stato dopo "La città che non dorme mai"».

Lei ride e le brillano gli occhi. E credo che forse il primo drink le stia facendo decisamente effetto.

«Sei carino», mi dice.

Reclino la testa dall'esasperazione. «Bene. *Carino.* L'aggettivo che ogni uomo vuole sentire».

Lei ride di nuovo e io resto colpito da quanto mi stia divertendo. Dee Warren è una ragazza a posto – schietta, acuta, divertente. Se anche non dovessi scoparmela, la serata non sarà una perdita totale.

Ciò non significa che non stia morendo dalla voglia di portarla via di qui per vedere cosa c'è – o meglio, cosa non c'è – sotto a quei pantaloncini. Ma sarebbe come ricoprire di glassa una torta già stupenda.

Viro di nuovo verso le chiacchiere. «Vieni dall'Ohio?».

Lei assaggia il drink e annuisce. «Sì, da una piccolissima cittadina insignificante».

«Mmh, non sei legata al tuo paese d'origine?»

«No, Greenville era una bella città in cui crescere, ma è un po' come l'Hotel California. La gente arriva, ma poi non se ne va quasi mai. Se nella vita tutto quello che vuoi è sposarti e avere figli, allora è il posto giusto. Ma… non era quello che cercavo io».

«E cosa cerchi, Dee?».

Riflette un momento prima di rispondere. «Voglio… la vita. Novità. Scoperte. Cambiamenti. È per questo che amo così tanto questa città. È viva, mai immobile. Puoi percorrere un isolato e poi passarci di nuovo una settimana dopo e trovarlo completamente diverso. Gente nuova, cose e odori nuovi – gli odori non sono sempre buoni, ma è un piccolo prezzo da pagare».

Ridacchio.

Lei prosegue. «Mia mamma diceva sempre che le ricordavo un cane che non ha mai imparato a stare al guinzaglio. Che tira sempre la catena, che smania di andarsene. C'è una canzone country che dice: "Non cerco la semplicità, cerco la follia"». Fa spallucce, con fare un po' timido. «Io sono così».

Tutte le cose che ha detto sono anche le mie preferite della città in cui sono cresciuto. La vita è troppo breve per viverla al sicuro, sempre uguale.

Mi vibra il cellulare, ma lo ignoro. È scortese controllare il telefono nel bel mezzo di una conversazione, anche se con una tipa da una notte e via. È da pezzenti.

Dee mi chiede il mio segno zodiacale, ma io mi faccio dire prima il suo. Certa gente crede davvero ai segni – in più di un'occasione sono stato mollato da ragazze del Leone o dell'Acquario orripilate nello scoprire che io sono del Capricorno. Da allora, non mi dispiace modificare la mia data di nascita se necessario.

In questo caso, non ce n'è bisogno. Dee è dello Scorpione, che dovrebbe fare faville a letto con un Capricorno. Personalmente, credo che tutta questa storia sia una gran cagata. Ma se vuoi giocare, devi conoscere le regole del gioco. Compresi i possibili falli.

Dee sorseggia il secondo drink mentre la conversazione verte sulla famiglia e sugli amici. Senza scendere troppo nei dettagli, mi racconta di Billy, il cugino che è più un fratello, e della madre single che li ha cresciuti entrambi. Parla dell'amicizia che dura da una vita con Kate Brooks e dei sorprenderti incidenti che hanno avuto quando erano due adolescenti selvagge e che sono troppo imbarazzanti perché io *non* li rinfacci a Kate domani in ufficio.

Quando tocca a me, la aggiorno su Drew, Steven e Alexandra e su come crescere con loro mi abbia salvato dal sentirmi figlio unico. Le racconto di Mackenzie, la bambina di quattro anni più forte che conosco, con cui starei ogni giorno della settimana se potessi.

Quando finisco la quarta birra, sono volate due ore e mezzo. Dee va in bagno e io prendo il telefono.

Ho sei messaggi. Tutti di Steven.

Merda. Call of Duty. Me n'ero dimenticato.

Sono in ordine crescente di panico. Volete vedere?

Amico 6 in ritardo – cominciamo senza di te

Su, amico, sono nella merda e in minoranza. Dove cavolo 6?

Dove cazzo è il supporto aereo? I miei uomini stanno morendo là fuori!

Non morirò così – porto con me più avversari che posso. Ahhhhhhhh!

Grazie mille, cretino. Sono morto. Se ci provi con la mia vedova ti perseguiterò.

E poi l'ultimo, che dice soltanto:

Stronzo.

Rido a voce alta e gli mando un messaggio di scuse, per dirgli che è saltata fuori una cosa all'ultimo. Steven è bravo a leggere tra le righe.

Vuoi dire che all'ultimo ti è saltato l'uccello fuori dai pantaloni. Ecco che fine fanno i fratelli quando ci sono di mezzo le zoccole. Sei in debito. Dovrai fare da baby-sitter per ripagarmi così potrò uscire con mia moglie... o stare a casa;)

Personalmente, credo che passi già troppo tempo con la moglie – come dimostra la faccina alla fine del messaggio.

Dee torna dal bagno e si avvicina alla mia sedia. «Ti va di andarcene da qui?».

Oh, sì.

Rispondo con un sorriso devastante: «Assolutamente. Andiamo da me? Voglio farti vedere il panorama».

Lei lancia un'occhiata al mio inguine. «E che panorama sarebbe?»

«Uno che non smetteresti mai di guardare, piccola».

Ridacchia. «Ero più dell'idea di ballare».

«Allora siamo in due. Il mio ballo preferito si fa in orizzontale».

Mi fa scorrere una mano sulla manica della camicia nera con i bottoni sul colletto. «Quello in verticale è un buon preludio – mi mette dell'umore giusto. C'è un locale vicinissimo al mio appartamento. Il DJ del mercoledì è la fine del mondo. Vuoi venire con me, ragazzo del clitoride?».

Appoggio una mano sulla sua e la accarezzo piano con il pollice. «Non credo che mi piaccia quel soprannome».

Lei fa spallucce, per nulla dispiaciuta. «Peccato. Non si può mai fare una seconda prima impressione. Per me resterai il ragazzo del clitoride fino a quando non mi darai un motivo per pensare a te diversamente».

Mi sporgo più vicino. Vedo la pelle d'oca sul suo petto

mentre con il fiato le solletico l'orecchio. «Entro la fine della serata, mi chiamerai "Dio"».

Il suo respiro accelera un poco e la vena sul collo pulsa più in fretta. Vorrei coprire quel punto con la bocca, succhiarle la pelle e sentirne il gusto.

Ma non ne ho la possibilità.

Delores fa un passo indietro, con gli occhi color dell'ambra luccicanti all'idea di cosa la aspetta. E mi ordina: «Paga il conto, io cerco un taxi».

L'indipendenza in una donna è davvero sexy. Solo gli sfigati insicuri si eccitano davanti a una tipa che ti sta appiccicata come se fossi l'ossigeno di cui ha bisogno per sopravvivere. Anche se è ovvio che Delores è il tipo di ragazza che sa cavarsela da sola, mi piace che mi lasci pagare il conto. Avrei comunque insistito. Aprire la porta, saldare il conto: non sono frecciatine contro le capacità di una signora. A volte a noi ragazzi piace semplicemente fare gli uomini d'altri tempi.

Lasciatecelo fare.

Consideratelo un pagamento in anticipo per le cazzate che faremo in futuro, e che sono abbastanza garantite.

Mi sistemo con il barista e raggiungo Dee sul marciapiede, dove mi aspetta accanto a un taxi. E – sentite questa – si sporge e mi apre la portiera. Davanti al bagliore giocoso nei suoi occhi, mi viene il sospetto che riesca a leggermi nel pensiero. Sorrido, ringrazio e salgo.

Il club suggerito da Delores si chiama Greenhouse ed è a SoHo. Anche se ne ho sentito parlare, è la prima volta che ci metto piede. Mi stupisco di quanto sia affollato. Le pareti e il soffitto della zona del bar sono ricoperti di muschio e illuminati da faretti blu, rossi e verdi. La pista assomiglia a una caverna, con lunghi cristalli seghettati in sfumature blu, viola e rosa che pendono dal soffitto. La luce fioca – quasi nulla – lo rende perfetto per un po' d'azione contro la parete. Mi tornerà utile più tardi.

La musica è forte, troppo per fare conversazione, ma per me non c'è problema. Parlare va bene, ma darsi da fare è meglio. Prendiamo da bere e ci sistemiamo a un tavolo vicino alla pista. Dee beve un sorso, poi mette giù il bicchiere e mi rivolge un sorriso sexy, del tipo "stai a guardare" e punta dritto alla pista.

Mi siedo, mi appoggio allo schienale per stare comodo e divarico le ginocchia, contento per il momento di accarezzarla con lo sguardo. Lei chiude gli occhi e muove la testa a tempo con la musica. Ondeggia i fianchi e solleva le braccia sopra la testa. Le luci blu e rosse danzano sui suoi capelli, la illuminano e le danno un'aria magica. La musica si fa più veloce, più forte, e Dee la segue. Scuote le spalle e il sedere, piega le ginocchia e si abbassa di colpo verso il pavimento, per poi rialzarsi girando su se stessa.

Sa come muoversi, e la desidero ancora di più. Mi guardo intorno nel locale e vedo che ha attirato l'attenzione di diversi ragazzi – facciamo pure di tutti. La osservano mentre balla con viscidi sorrisi d'apprezzamento in faccia e quel bagliore negli occhi di chi spera di farsela.

Di solito non sono un tipo possessivo. Mi è capitato in passato di andare a ballare con una ragazza e, alla fine della serata, ognuno se n'è andato con un'altra persona. È normale.

Ma in questo momento, stringo i pugni, pronto a spintonare fino in strada il primo coglione che prova ad avvicinarsi a Delores. Mi fa incazzare anche solo il fatto che la guardino – che lei sia materiale per le loro speranze e desideri perversi.

Forse mi sento così perché non l'ho ancora scopata. Forse non mi va di condividere un dolce che non ho ancora assaggiato.

O forse è perché Delores Warren è semplicemente... diversa... in un modo che non riesco ancora a spiegare. Ciò che so di lei mi piace – un sacco – e c'è una parte di me di cui non sono ancora pienamente consapevole che ha una voglia matta di scavare più a fondo.

Quando mi alzo, la musica cambia. Dagli altoparlanti si riversa *Wake Me Up* di Avicii, che invade la stanza. La folla mormora in segno d'approvazione. Vado in pista, dritto da Delores.

La canzone inizia lenta, con la chitarra acustica. Il corpo di Dee si muove da un lato all'altro a tempo, con i lunghi capelli che si agitano sulla sua schiena e le scoprono il collo. Mi avvicino da dietro e le cingo la vita con un braccio, con il palmo sulla sua pancia, sopra la giacca, per tirarla piano all'indietro verso di me.

Lei si irrigidisce per una frazione di secondo, apre gli occhi e gira la testa di lato. Poi vede che sono io. E sorride.

Si rilassa contro di me, con la schiena appoggiata al mio petto, e io mi sporgo per stringermi a lei. Il suo culo accoglie alla perfezione il mio uccello, duro dal momento stesso in cui l'ho vista ballare.

Deve sentirlo anche lei – per forza.

Si sporge in avanti, piega un poco la vita e muove i fianchi in cerchi stretti, sfregandomi proprio nel punto del mio corpo che invoca a gran voce un contatto fisico.

È fantastico, cazzo.

Piego le ginocchia e mi muovo a tempo con la musica, anche se la mia attenzione è tutta su Dee.

Non per vantarmi... be', okay... mi vanto. Sono un bravo ballerino. È un po' come scopare, bisogna trovare il ritmo giusto, stare in armonia con le mosse del partner e rispondere di conseguenza.

Strapperò la lingua a chiunque se lo faccia scappare ma, quando ero piccolo, mia madre mi ha mandato a lezione di ballo. Drew, Steven e io, è toccato a tutti. Niente danze con vestiti di lustrini sgargianti – *grazie a Dio* – ma balli da sala. È stato un anno o due prima del debutto in società di Alexandra. Sì – nella nostra cerchia sociale, le ragazze debuttano in società e saper ballare come un gentiluomo è d'obbligo. Lo odiavamo tutti. Drew e io avevamo messo a punto un piano per scappare e vivere nel Museum of Natural History fino a che il pericolo fosse passato, ma non ha funzionato.

Comunque, per quanto fossi infelice, adesso sono grato per quelle lezioni. Perché un bambino che sa ballare è una checca del cazzo, ma un uomo che sa ballare è affascinante – sofisticato.

Per ballare musica hip hop, bisogna avere un ritmo naturale, che a quel povero stronzo di Steven manca assolutamente. Ma per un tipo come me, dall'abilità intrinseca e con un po' di allenamento? In pista sono la fine del mondo.

Arriva la parte della canzone con i sintetizzatori – più veloce, più primitiva, con il basso in evidenza. Dee si raddrizza e mi cinge il collo allungando le braccia all'indietro. Le metto una mano sul fianco e la tengo ferma mentre spingo contro di lei. Infilo l'altra sotto la sua giacca, sulla pelle soda e calda della pancia.

Sento la vibrazione del suo gemito mentre con la mano la accarezzo e salgo sempre più.

Quando la musica rallenta di nuovo, Dee si gira tra le mie braccia e mi guarda in faccia. Visto che porta i tacchi, siamo quasi alti uguale. Lo sguardo scuro nei suoi occhi mi cattura mentre il cantante parla di viaggiare per il mondo, restare giovane e conquistare l'amore.

Il ritmo aumenta di nuovo, ma i nostri occhi non si staccano. I nostri corpi si muovono l'uno contro l'altro, caldi e avidi. Affondo le dita nella pelle del culo di Dee, spingendola forte contro di me.

Sulle parole di un uomo che non sa cosa ha perso fino a quando trova ciò che gli mancava, Dee mi accarezza il viso con il palmo della mano. Un gesto tenero e intimo.

Significativo.

Abbasso la testa e premo le labbra contro le sue. E lei ci sta, apre la bocca – calda e bagnata – per accettare tutto quello che ho da darle e rispondere al mio bacio con altrettanto ardore. La stringo con entrambe le braccia adesso, senza più pensare a ballare. Le metto una mano alla base della schiena e affondo l'altra tra i suoi capelli soffici, mentre le nostre bocche si muovono insieme. Lei si aggrappa alle mie spalle, mi massaggia i muscoli e mi tira a sé.

Avete mai vissuto uno di quei momenti in cui ci si dice: adesso cambierà tutto? D'ora in avanti, ci sarà un prima e un dopo, e questo avvenimento li dividerà per sempre?

La maggior parte della gente no. È troppo presa per riconoscere l'importanza di quello che succede.

Per me è stato così.

Ma ripensandoci adesso, quello è stato uno di quei momenti. Il primo bacio, infuocato e perfetto. È stato l'attimo che avrebbe determinato il resto della mia vita. E niente in seguito sarebbe più stato lo stesso.

Capitolo 4

Ci avviamo camminando all'appartamento di Dee. Forse sarebbe più appropriato dire incespicando. Anche strusciandoci ci starebbe bene.

Ogni pochi passi avverto il desiderio incontenibile di baciarla – di tirarla a me o schiacciarla contro il muro di un palazzo per ottenere il giusto contatto. E di certo lei non è passiva – muove le unghie sui miei addominali nudi, mi infila le mani nei pantaloni e mi strizza il sedere. Siamo come due ragazzini in preda agli ormoni che ci danno dentro nel corridoio della scuola e non gliene frega un cazzo se qualcuno li scopre.

Alla fine arriviamo alla sua porta. Resto in piedi alle sue spalle mentre lei armeggia con la doppia serratura – spingo il bacino contro il suo culo e le prendo i seni tra le mani, per massaggiare e giocare con quei magnifici attributi. Una volta dentro, Dee si fionda su di me, in punta di piedi, per un bacio intenso, umido, con le lingue intrecciate. Affonda le mani tra i miei capelli e interrompe l'esplorazione giusto il tempo perché io le tolga la giacca. Poi mi piego e le sfilo in fretta i minuscoli pantaloncini, lasciandola con indosso solo il top bianco e l'esiguo triangolo in pizzo del tanga.

Pensavo che vestita Delores fosse bellissima, ma nuda… è mozzafiato. Gambe snelle e lunghe, fianchi stretti, pancia piatta con la pelle così morbida che pare una carezza.

Non è troppo muscolosa; ha un corpo da yoga – magro ma che lascia immaginare i muscoli sodi appena sotto la superficie. Ancora in ginocchio, mi sbottono la camicia. Lei si piega e me la toglie, sfiorandomi la schiena con le mani e con un'aria di approvazione.

«Dio, quanto sei sexy», sospira.

Sta già usando il mio nuovo soprannome, e non l'ho nemmeno ancora fatta venire. *Sono proprio bravo.*

Senza fermarmi, le faccio divaricare le gambe e mi sistemo lì in mezzo. Con la parte superiore del corpo lei si appoggia alla parete per sostenersi e io le do un lungo bacio con la bocca aperta sulla figa coperta dal pizzo. Delores alza il mento e le scappa un gemito. Ha un odore dolce, fruttato, un poco speziato – come una mela matura con un pizzico di cannella. Le tolgo il tanga, con una voglia matta di toccarla. Muovo la lingua umida e calda sulla striscia di peli pubici corti e biondi, poi mi abbasso per leccarle e mordicchiarle il margine della figa. Finito il riscaldamento, affondo dentro di lei, la lecco e succhio, facendola mugolare e scalciare.

Non dicevo mica cazzate quando ho dichiarato che so come si tratta un clitoride. La maggior parte dei ragazzi crede che la via migliore sia andare dritti al punto giusto – ma si sbagliano. Troppa pressione, troppo in fretta, non va bene, anzi può essere persino spiacevole per una donna. Bisogna giocarci, stimolarlo poco per volta, fino a quando è duro e turgido, come a implorarti di accarezzarlo. Quando Dee è al punto di rottura, le apro le labbra con le dita e danzo con la lingua sul suo clitoride turgido.

Lei grida – per il sollievo e la lussuria. La lecco con più forza, su e giù, senza mai interrompere il contatto, poi le infilo due dita nella figa fradicia e stretta. Spinge i fianchi contro la mia faccia e mi tiene fermo con le mani, mentre viene con un gemito a bocca aperta.

Ancora con il suono del suo respiro pesante nelle orecchie, mi alzo e le stringo la vita con le braccia. Lei si affloscia contro di me, esausta e traballante per il piacere. Le sollevo i piedi da terra, ma lei non ha nemmeno la forza di cingermi la vita con le gambe. Le sue labbra cercano le mie e con le braccia mi si attacca alle spalle.

«La tua stanza?», le chiedo, tra un bacio e l'altro.

«L'ultima porta a sinistra».

Con le gambe rigide, mi avvio in camera. Entro senza badare all'ambiente e all'arredamento – i miei sensi sono concentrati solo su Dee e sul mio desiderio feroce. Delores si è ripresa un poco dal coma indotto dall'orgasmo, si siede sul bordo del letto e con gli occhi supplicanti colore dell'ambra mi invita ad avvicinarmi. Senza smettere di guardarmi, mi slaccia i pantaloni – gli unici rumori nella stanza sono la cerniera e il nostro respiro affannato. Me li abbassa e io li scalcio via. Lei mi guarda con occhi vogliosi, come una cacciatrice di tesori sulle tracce di una ricompensa che desidera ardentemente.

Il mio cazzo è in forma smagliante – lungo, grosso, tanto voglioso da farmi male. Delores si lecca un palmo.

Ed è la cosa più sexy che abbia mai visto. Audace e sfrontata.

Poi mi prende l'uccello con la mano scivolosa e calda, lo stringe con decisione e ci gioca con tenerezza. Mi avvicino, senza pensarci, e Dee lo prende come un segnale per far scendere in campo la bocca. La osservo mentre mi lecca dalla base fino alla punta, muovendo la lingua in cerchio sul prepuzio, per poi prendderselo tutto in bocca – così a fondo che sento la sua gola.

Chiudo gli occhi. Grugnisco, impreco e la imploro di continuare. Dee non mi delude – mi fa affondare dentro e fuori dalla sua bocca paradisiaca. Ma quando con la mano mi prende le palle – ci gira intorno, le strofina, le tira in modo squisito – devo schiacciare il freno. Ho paura di liberarmi del mio carico – e ho un sacco di idee su quello che succederà adesso.

Le afferro i capelli con la mano e la faccio spostare. Poi mi chino e la bacio, con il sangue che mi pulsa nei timpani. Lei si sdraia all'indietro e mi tira con sé, fino a trovarci pancia a pancia, coscia a coscia. Prendo il top rimasto e lo abbasso con uno strattone, rivelando le tette rotonde e sode.

E su una c'è un piercing luccicante.

Porca puttana.

A questa vista, sento l'uccello farsi più duro. Attacco il seno come un animale affamato – lo succhio e lo mordo, lo afferro e lo tiro con le mani. Copro con la bocca il capezzolo con il brillantino, sento il sapore del metallo freddo e della carne calda. Lo tiro con i denti e lo lecco con la lingua. Dee si contorce e mugugna sotto di me, mentre mi graffia la schiena con le unghie, lasciandomi solchi bollenti e sensuali.

«Scopami, Matthew», geme. «Ho bisogno che mi scopi, adesso».

In un attimo, prendo un preservativo dal portafoglio e lo infilo a tempo di record. Le prendo le caviglie e la tiro verso di me, così che abbia il sedere sul bordo del letto. Sposto la punta dell'uccello davanti alla sua figa vogliosa e la stuzzico.

Poi la guardo negli occhi e le chiedo: «Come… come lo vuoi?»

«Duro», geme. «Duro e profondo. Voglio sentire ogni centimetro di te dentro di me».

La penetro con forza, più a fondo che posso. Lei inarca la schiena sul letto e grida: «Sì! Ti prego… sì».

Mi ritraggo piano, fino a restare dentro solo con la punta, poi spingo di nuovo, muovendo i fianchi in cerchio e sfregando contro il clitoride, immerso dentro di lei fino alle palle.

Questa è lussuria allo stato puro – una passione primitiva, una fame viscerale.

Tengo il ritmo che Dee brama, scopandola fino a toglierle il fiato a ogni colpo. Fino a quando tende le braccia verso di me, implorandomi di andare *più in fretta*. Mi abbasso su di lei, che mi cinge il collo e assaggia la mia bocca mentre spingo come una furia.

Viene con la guancia premuta contro la mia – con gli occhi chiusi, gridando più volte il mio nome, un suono fenomenale che non scorderò mai. Con l'uccello stretto dal suo orgasmo, vengo anch'io – una sensazione così lunga e forte e squisita, che sono quasi sicuro di aver perso i sensi.

È fantastico. Rivoluzionario. Può benissimo essere il sesso migliore della mia vita. E, ancora dentro di lei, prima che il mio battito cardiaco torni alla normalità, capisco che Dee Warren non è come nessun'altra donna mai venuta prima.

Dopo aver ripreso fiato, Delores si alza e sparisce nel bagno, da cui riemerge qualche minuto più tardi con una vestaglia in seta dal motivo cachemire multicolore. Afferro i pantaloni dal pavimento, recupero il pacchetto di sigarette dalla tasca e le chiedo: «Ti dispiace?».

Lei apre una finestra, prende una canna mezzo fumata dal portagioie in legno sul comò e la tiene alzata. «Fai pure».

Appoggio la testa all'indietro su un braccio piegato e accendo la sigaretta. Dee scivola a letto accanto a me e mi appoggia un posacenere sul petto mentre si fa un tiro. La vestaglia che indossa si apre e mette in mostra il piercing al magnifico seno. Soffio un filo di fumo e faccio scorrere il dito intorno all'anello.

«Che storia c'è dietro a questo?».

Lei inala a fondo e, quando risponde, dalle labbra le esce del fumo. «Ti ricordi che ti ho detto che Billy, Kate e io siamo cresciuti insieme?».

Annuisco.

«Billy è il più giovane, solo di pochi mesi. Quando ha compiuto ventun anni, ci siamo sfondati a festeggiare. Kate e Billy si sono fatti un tatuaggio. Io un piercing».

Tiro con delicatezza l'anello, lo tocco e lo esamino come un bambino con un giocattolo nuovo la mattina di Natale. «Diamine, è proprio sexy. Ma sono curioso, perché non ti sei fatta tatuare?».

Lei spegne la canna ormai finita nel posacenere. «I tatuaggi sono troppo impegnativi. Non mi piace avere qualcosa sul mio corpo – o dentro – di cui non possa sbarazzarmi».

Spengo a mia volta il mozzicone e sposto il posacenere sul comodino. Poi mi giro su un lato e guardo in faccia Dee.

Con la mano, lei scende lungo la mia pancia e mi stringe l'uccello, accarezzandomi il prepuzio con il pollice. «Che storia c'è dietro a questo? Pensavo che tutti i cattolici dovessero farsi circoncidere».

«Credo che siano gli ebrei». Poi mi spiego: «Appena nato ero cagionevole – niente di grave, ma abbastanza perché mia madre diffidasse di qualsiasi cosa potesse causare inutili complicazioni».

Per qualche assurdo motivo, i miei genitori avevano immaginato che mi sarei fatto circoncidere una volta diventato un adulto forte e in salute. Come se potessi mai – *mai* – permettere a un bisturi anche solo di avvicinarsi al mio uccello, a meno che ne vada della mia vita.

E forse nemmeno in quella circostanza.

Sì, in caso ve lo stiate chiedendo, al liceo alcune ragazze erano un tantino... incerte su come procedere con un cazzo non fatto con lo stampino. Ma dopo un giro di prova hanno capito che funziona esattamente come gli altri modelli e devo dire che è sempre stato molto richiesto.

Dee continua ad accarezzarmi e io torno duro e caldo nella sua mano. Poi abbassa lo sguardo e dice: «Mi piace. È bello».

Le afferro i fianchi, mi giro sulla schiena e la sollevo sopra di me, mettendomela a cavalcioni sulla vita. «Okay, fai ufficialmente schifo con gli aggettivi. Le patatine sono belle, gli uccelli no».

La vestaglia si spalanca del tutto e io mi lecco un dito per poi premerlo sul clitoride e farle vedere quanto è bella la sua figa. *È stupenda, cazzo.*

Dee inizia a ridacchiare, ma la risata finisce in un gemito senza fiato. «Illuminami. Quale aggettivo è abbastanza mascolino per un cazzo possente?».

Imita il movimento del mio pollice con i fianchi, descrivendo piccoli cerchi.

«Possente è un buon inizio. Da paura funziona. Con potente e impressionante non sbagli mai».

Aumento la pressione delle carezze. Lei muove i fianchi più in fretta, in cerchi sempre più grandi. Ansima. «Li terrò a mente per la prossima volta». Poi si morde il labbro e mi guarda negli occhi. «Mi piace scopare quando fumo».

Si solleva sulle ginocchia e si sistema sopra di me.

«Ho la sensazione che piacerà anche a me».

«Merda, è stato fantastico», esclama Dee contro il cuscino, in cui ha appena affondato il viso.

In ginocchio dietro di lei, sfilo il preservativo numero due con un fazzoletto di carta e le crollo accanto. «Cazzo, sì».

La pecorina non delude mai.

Lei solleva la testa e guarda la sveglia sul comodino. «Merda. Devo alzarmi tra quattro ore per andare al lavoro».

Tanto per chiarire – è il segnale per farmi andare via. Un modo carino di dire: *Grazie per il sesso. Ciao.* Nella gran parte dei miei rapporti occasionali, ognuno dorme per conto suo. A meno che non sia davvero esausto, preferisco riposare nel mio letto.

Mi alzo e comincio a vestirmi. Chiudo la cerniera dei pantaloni ma, ancora a torso nudo, dico a Dee. «Mi sono divertito molto stanotte».

Lei si gira sulla schiena, senza cercare di nascondere le sue grazie nude. «Anch'io».

Scruto la sua pelle lucida, coperta di sudore post-sesso, e mi soffermo sul piercing al capezzolo che pare implorarmi di giocare ancora. «Voglio vederti di nuovo».

Dee sorride. «Vuoi dire che vuoi scoparmi di nuovo».

Infilo le braccia nelle maniche della camicia e ammetto: «Piccola, quello non c'è bisogno di dirlo». Recupero il pacchetto di sigarette dal pavimento e le infilo in tasca. «Ti chiamo».

Per tutta risposta, lei ride brevemente e alza gli occhi al cielo. Prende la vestaglia in seta e si mette in piedi accanto a me.

«Cosa c'è?», le chiedo, un po' confuso.

Lei scuote il capo con aria di sufficienza. «Non ce n'è bisogno. Non sono il tipo di donna a cui devi fare promesse che non hai intenzione di mantenere. È stato divertente, fermiamoci qui. Anche se non ti sentirò più, va bene così».

Non è la reazione che mi aspettavo da una tipa a cui, nelle ultime ore, ho regalato una serie di orgasmi multipli. La maggior parte delle volte, le ragazze insistono per controllare il mio cellulare e assicurarsi che le abbia inserite in rubrica. Fanno richieste specifiche – il giorno e l'ora in cui sentiranno squillare il telefono.

L'atteggiamento di Dee è rinfrescante. E intrigante. E di certo provocante.

Mentre percorriamo il corridoio, insisto: «Sarebbe magnifico… solo che, ti *assicuro* che mi sentirai ancora».

Mi dà una pacca sulla spalla. «Certo. Ma, se per te è lo stesso, non resterò con il fiato in sospeso».

Prendo la sua mano dalla mia spalla e le bacio le nocche. Lei mi osserva. Il sorrisetto sul suo viso scompare, sostituito da… sorpresa. Desiderio.

«Non stare con il fiato sospeso», le faccio l'occhiolino, «ma vedi di aspettare vicino al telefono».

Poi lei sorride di nuovo. Mi apre la porta ma, prima di uscire, mi chino e le do un bacio sulla guancia. «Buona notte, Dee».

Lei si porta una mano sul punto che le mie labbra hanno appena toccato. E i suoi occhi color del miele incontrano i miei. Con una punta di tristezza nella voce mi dice: «Ciao, Matthew».

Richiude la porta alle mie spalle e io aspetto di sentir scattare tutte le serrature. Poi vado a casa per un riposino che mi sono decisamente meritato.

Capitolo 5

Giovedì sera c'è una cena di raccolta fondi della Columbia University al Waldorf Astoria Hotel. Di norma, manderei un assegno e salterei l'evento. Ma tra gli organizzatori c'è Alexandra, quindi sono obbligato a partecipare. Anche se crescere Mackenzie è un lavoro a tempo pieno, Alexandra è sempre stata una persona ambiziosa e in grado di fare mille cose contemporaneamente. Come molte donne del suo rango – mamme casalinghe di Manhattan con un sacco di soldi da parte – vuole fare qualcosa per la comunità. Inoltre, credo che le attività filantropiche la aiutino a sentirsi in contatto con il mondo esterno quando la sua vita di tutti i giorni scivola in un buco nero di cartoni animati, collane di pasta e giochi con gli amichetti che potrebbero facilmente ridurre in pappa il suo brillante cervello. Secondo Steven, è molto più ben disposta quando pianifica un evento – ma una volta arrivato il giorno X, ha la tendenza a diventare ansiosa. Un po' stronza... se me lo concedete.

Vi ho avvisato.

Sono in piedi con Drew e Lexi a osservare la sala addobbata con eleganza piena di ex alunni della Columbia in smoking e abiti da cocktail. Mi sembra un successo – i vassoi con gli antipasti stanno girando, l'alcol scorre a fiumi, le chiacchiere e le risate abbondano. Nonostante l'espressione serena, gli occhi di Alexandra schizzano per la stanza con la precisione di un cecchino in cerca di potenziali bersagli.

«Posso andare adesso?», Drew chiede alla sorella.

«No», Alexandra ribatte in un tono per cui è chiaro che non è la prima volta che Drew avanza la richiesta. «Siamo a una festa... mangia, bevi, socializza».

Drew si incupisce. «Si vede che sei rimasta lontana dalle scene troppo a lungo. Questa non è una festa. È una scusa per permettere a queste vecchiacce di tirare fuori i loro vestiti pieni di perle e confrontare i carati dei loro anelli di diamanti». Prende un sorso di vino. «Anche se, il vino è eccellente. Buona scelta».

Lexi beve dal suo bicchiere. «Il vino scioglie le labbra... e i portafogli».

«E la tequila fa sparire i vestiti», aggiungo, alzando le sopracciglia.

Proprio in questo istante ci si avvicina una donna enorme con i capelli scuri acconciati a mo' di alveare, il trucco pesante e un abito verde come un tavolo da biliardo.

Sottovoce, Drew fa una battuta: «Speriamo che la tequila sia al sicuro sotto chiave».

«Alexandra, cara», ride fragorosamente la nuova venuta. «Ti sei superata! Questa serata sarà sulla bocca di tutti in città per giorni».

Con finta umiltà, Lexi si porta una mano sul petto, fasciato da un abito bianco. «Lei è troppo gentile, Mrs Sinclair».

Sinclair. Conosco questo cognome. Questa donna viene da una famiglia ricca – suo nonno ha fatto una fortuna con l'acciaio durante il boom edilizio d'inizio secolo. E suo nipote, l'erede in linea diretta, è uno scarso amministratore delegato con una risaputa dipendenza dalla cocaina. Tenete a mente la lezione: la classe non si compra con i soldi, ma si *può* comprare una barca di calamità.

Alexandra indirizza su di me l'attenzione di Mrs Sinclair. «Conosce il nostro caro amico Matthew Fisher?».

La società newyorkese assomiglia moltissimo alla mafia – se non sei *nostro* amico o non sei nel *nostro giro*, nessuno vuole avere niente a che fare con te.

«Ah, sì», risponde lei, «il figlio di Estelle».

Annuisco con rispetto. «Che piacere vederla, Mrs Sinclair».

Alexandra prosegue. «E ha mai incontrato mio fratello, Andrew?».

Gentiluomo come sempre, Drew la saluta con un sorriso. «È un piacere».

La donna lo guarda con occhi scintillanti e si fa aria con una mano cicciottella. «No, non ci siamo mai incontrati... ma ho sentito tali storie su di te».

«Pettegolezzi malevoli». Drew le fa l'occhiolino. «Che però sono veri».

A giudicare dal respiro affannato e dal rossore sulle guance, direi che ci sono buone probabilità che Mrs Sinclair svenga. Di certo renderebbe la serata un po' più eccitante. Ma non accade. Una vecchia amica che non vedeva da anni si avvicina zoppicando e la trascina via.

Di nuovo soli, Drew torna alla carica. «Posso andarmene, *adesso*?»

«Smettila di chiedermelo. Non ci siamo nemmeno ancora messi a tavola per la cena», sibila la sorella.

Drew non si mette a piagnucolare... ma poco ci manca. E, parlando a nome di entrambi, dice: «Ma io non voglio *stare* qui. Sono venuto, ho sorriso, ti ho fatto un assegno. A differenza di certa gente, io ho di meglio da fare per occupare il mio tempo».

Prima che il bisticcio si faccia troppo acceso, qualcuno dall'altra parte della stanza attira l'attenzione di Alexandra, che spalanca gli occhi e assume un'espressione di... disappunto. Ignora il fratello e rimane con lo sguardo fisso e intontito. Drew e io scrutiamo in quella direzione.

E allora la vedo.

Quasi ogni uomo ha una donna del genere nel proprio passato. Certi figli di puttana anche più di una. La ragazza che l'ha fottuto, che gli ha spezzato il cuore, che ha frantumato la sua autostima. Si dice che il primo taglio sia il più profondo... e lei mi è arrivata fino all'osso.

Shakespeare ha scritto: «Cuore di serpe, che ti sei acquattato / Sotto quel viso bello come un fiore!», e se non sapessi che è impossibile, giurerei che abbia composto questo verso pensando a Rosaline Nicolette Du Bois Carrington.

Ci siamo incontrati al secondo anno alla Columbia e abbiamo fatto sul serio per due anni. Rosaline è intelligente, affascinante, un'esperta cavallerizza. Le feste delle confraternite e l'alcol non le interessavano e preferiva invece passare il tempo immersa in discussioni intellettuali sull'arte e sui viaggi. Pensavo che fosse perfetta: la donna che avrei sposato, con cui avrei avuto dei figli, che avrei amato anche con le rughe e i capelli grigi, e che avrebbe corrisposto i miei sentimenti.

Sally Jansen sarà anche stata la prima ragazza che ho mai amato, ma Rosaline... era stata l'ultima.

Non la vedo dalla cerimonia di laurea. Sei anni. Ma sembra esattamente la stessa – viso a forma di cuore; zigomi classici ma pieni che le danno un'aria sofisticata e innocente allo stesso tempo; occhi obliqui azzurro cristallo che sembrano esotici; labbra gonfie e sorridenti; ricci folti castano scuro e un corpo lungo e snello che farebbe cadere in ginocchio qualsiasi uomo. La osservo mentre cammina dall'altro lato della sala, con il vestito rosa zucchero filato che ondeggia a ogni passo.

«Perché cazzo l'hai invitata?», chiede Drew.

«Non l'ho invitata, Julian è nel consiglio d'amministrazione. Non pensavo che si sarebbero fatti vedere».

Julian è il marito di Rosaline. Ha dieci anni e almeno dieci volte più soldi di noi.

«Pensavo che fossero in Europa».

«Sono tornati in città la settimana scorsa».

Quando Rosaline raggiunge il nostro terzetto, Drew e Alexandra si spostano davanti a me – come guardie del corpo. Rosaline rivolge loro un sorriso accattivante, di quelli che una volta conoscevo bene. «Alexandra, Drew, che bello vedervi. Quanto è passato?»

«Non abbastanza», risponde Alexandra con un finto sorriso.

Ecco la Stronza, alla massima potenza. Per il mondo esterno Alexandra è una signora raffinata, ma sotto la superficie ribolle una persona feroce e protettiva pronta a legarsi i capelli, togliersi gli orecchini e scatenare una rissa colossale con chiunque consideri una minaccia per i suoi cari. E nutre un odio particolare nei confronti della mia ex.

Ho scoperto che Rosaline scopava a destra e a manca solo dopo che mi aveva mollato. Essere scaricati è brutto, ma scoprire che lei si era scopata un altro per tutto il tempo… è stato davvero devastante. Nei giorni successivi, Drew era quello che mi portava fuori, che mi faceva ubriacare e si assicurava che mi facessi qualche tipa. Ma Lexi… lei era quella con cui piangevo. Non è da femminucce ammettere di aver pianto – versare qualche lacrima è del tutto accettabile se ti hanno aperto il petto in due e pelato il cuore come fosse una patata.

Seguendo le orme della sorella, Drew dice: «Ho sentito che c'è stata un'epidemia di listeriosi in Europa. A quanto pare te la sei scampata. Che peccato».

Senza abbandonare il sorriso, Rosaline ignora gli insulti a malapena celati. «Sì, ci siamo divertiti a viaggiare per l'Europa – la cultura, la storia. Ma a Julian mancava New York. Resteremo fino a primavera».

Presi separatamente, i fratelli Evans sono capaci di pugnalate verbali letali – li avete visti in azione. Ma insieme? Formano una squadra che farebbe vergognare persino dei wrestler professionisti.

La voce di Alexandra si fa un sussurro. «Odio essere io a dirtelo, Rosaline… be', in realtà… non mi dispiace per niente dirtelo. Ho sentito che Julian ha una storia torrida con la sua segretaria». Si porta un dito alle labbra con fare pensieroso. «Oppure era la tata?».

Drew aggiunge: «Io ho sentito che se le scopa tutte e due».

Di nuovo, l'autocontrollo di Rosaline non fa una piega. Credevo che la sua compostezza fosse un punto di forza – un indice di quanto fosse sofisticata e matura. Ma guardandola adesso, mi sembra solo… insensibile. Distante. Passiva fino a dare fastidio.

Lei sospira in tono dolce. «Agli uomini piace così tanto variare un po'».

«Non saprei», ribatte Alexandra.

«È vero», ammette Drew. «Ma d'altra parte, io non ho giurato di lasciar perdere le altre».

Rosaline incrocia le braccia con un certo contegno. «Mi sono rassegnata alle avventure di Julian. Fin quando tornerà a casa da me, non è un problema».

A Drew ha sempre dato fastidio il fatto di non riuscire a farla reagire, per quanto si mostrasse rozzo. Prova un piacere perverso a spingere la gente sull'orlo di passare alle mani. Ecco perché affonda ancora di più e dice: «Fino a quando non capirà che il freezer che tu chiami figa non vale più il prezzo del biglietto. Quello sì che potrebbe essere un problema».

Rosaline ridacchia piano. «Hai sempre avuto un modo colorito di esprimerti, Drew».

Un altro round per la Mogliettina Perfetta.

«È stato bello rivedervi tutti e due. Se volete scusarmi». Senza dire altro, li accantona. Gira intorno ad Alexandra e Drew e si avvicina a me, alle loro spalle.

Mi passo una mano tra i capelli e mi volto per guardare in faccia la donna che mi ha spezzato il cuore. Lei mi scruta benevola, compassionevole, come un'infermiera con un paziente che si sta riprendendo da una malattia mortale. «Ciao, Matthew».

Sono determinato a farle vedere che mi sono rimesso completamente. «Rosaline».

«Hai un aspetto fantastico».

«Grazie», rispondo, in tono freddo. «E tu… non sei cambiata per niente».

È strano parlarle di nuovo, anche dopo tutti questi anni – soprattutto dopo tutti questi anni. Non c'è attrazione, né odio, né alcuna emozione forte. C'è del rimpianto, una parte di me vorrebbe poter tornare indietro nel tempo e picchiarmi a sangue per essere stato tanto stupido. E cieco. Ma ce l'ho con me. Per quel che riguarda Rosaline? È solo una persona che una volta conoscevo… ma che non ho mai conosciuto davvero. Anche se conosco intimamente ogni curva e fessura del suo corpo, lei è ancora un'estranea.

Mi schiarisco la gola. «Allora… hai avuto un figlio?».

Mi sono dimenticato di dirlo? Sì, non solo Rosaline scopava a destra e a sinistra, si è pure fatta mettere incinta. Sono abbastanza sicuro che fosse il suo piano fin dall'inizio. Un po' come con la famiglia reale, avete presente, l'erede e la riserva? Io ero la riserva, in caso non avesse funzionato con Julian. Fortunatamente per me, la sua freccia ha centrato il bersaglio per prima.

Lei sorride. «Sì, Conrad». *Povero bambino.* «È in collegio in Svizzera».

Faccio due calcoli nella mente. «In collegio? Ma non ha, tipo, sei anni?»

«Ne compirà sei il mese prossimo». Devo avere un'aria esterrefatta, perché aggiunge: «È fondamentale che cominci bene la sua vita. In collegio ne avrà la possibilità».

Annuisco. Non vale la pena sprecare il mio tempo a spiegarle che questa filosofia è una cazzata enorme. «Giusto. Ma certo».

Sto per sottrarmi alla conversazione quando verso di noi viene Julian Wolfe. Ha un aspetto abbastanza passabile, alto ma magro, con i capelli biondissimi e la carnagione pallida. Mi ricorda un po' un alto ufficiale nazista.

«Rosaline, ci sono delle persone importanti che devo

presentarti». Poi si accorge di me. «Ciao, Fisher». Lui non allunga la mano e di certo io non gli porgo la mia.

Mi limito a un cenno del capo. «Julian».

Rosaline e Julian sono l'esempio perfetto del perché alla gente serve un passatempo. Se la tua unica passione sono i soldi, diventerai un essere umano infelice. E alla fine il tuo hobby sarà diffondere la tua infelicità e fare il cazzone con chiunque incontri.

«Scusa se te la rubo. Di nuovo». Ridacchia, perché è questa la sua idea di battuta.

E anche se è più una cosa da donne, se vuole giocare con le parole, ci sto. «No, toglimela pure di torno, ti prego. Mi fai un favore».

Julian torna serio. E Rosaline mi tocca il braccio. «È stato bello vederti, Matthew».

«Statemi bene», dico a tutti e due.

Quando si sono allontanati, Drew mi raggiunge. «Scommetto che sei contento di averla scampata».

«Non sai quanto».

Mi dà una gomitata. «Stai bene?».

State bene attenti – per due ragazzi come me e Drew questa è la cosa più vicina a un "momento". Potremmo stare insieme tutto il giorno senza dire una sola parola sulle cose importanti che succedono nella nostra vita. Le parole non sono necessarie – perché nei momenti critici, saremo uno dalla parte dell'altro.

Lo rassicuro. «Sì, amico, alla grande. Come hai detto tu, me la sono scampata».

Torniamo da Alexandra e, a giudicare dall'espressione del mio amico, capisco che Drew le chiederà ancora il permesso di filarsela. Ma poi a quanto pare sceglie un'altra strategia e fa un sorrisetto ambiguo. «Ehi guarda, c'è Strillo».

«Chi?», chiede Alexandra.

Drew indica qualcuno con il bicchiere di vino. «La brunetta con i ricci e il vestito blu vicino al bar».

Lexi inclina la testa fino a vedere la signora in questione. «È... Alyson Bradford».

Drew fa spallucce. «Per me sarà sempre Strillo».

«Perché la chiami così?».

Scuoto mentalmente la testa. Alexandra dovrebbe essere più furba.

«Perché strilla quando viene».

«Cosa?».

Con fare disinvolto, Drew spiega: «Come quei giocattoli da masticare per i cani». Alza la mano, la apre e la chiude. «Strillo, strillo, strillo, striiiiillo. O almeno, lo faceva quando avevamo diciassette anni, ma non credo sia un'abitudine che si perde con l'età».

«Come fai a saperlo?», chiede Alexandra, disgustata come previsto. «Quando mai avresti fatto sesso con Alyson Bradford?».

Drew alza gli occhi al soffitto, ripensando alla scena. «Uhm... al terzo anno. Nei giorni bui dopo che avevamo perso contro il St Bartholomew ai playoff. Non direi di aver toccato il fondo con lei, ma ci è mancato poco».

Lexi distoglie lo sguardo. «Ehm... dimenticalo, non voglio sapere».

Se c'è una cosa che la Stronza non sopporta, sono i racconti dettagliati delle avventure sessuali del fratello.

Ed è proprio per questo che Drew dice: «E fa anche questa cosa disgustosa con la lingua...».

Alexandra chiude gli occhi di scatto. «Okay! Sai una cosa? Bene, se vuoi andartene così tanto, vai pure. Se vuoi lasciarmi nel momento del bisogno...».

Non avrebbe mai dovuto dargli il la.

Con un sorriso smagliante, Drew appoggia il bicchiere sul vassoio di un cameriere di passaggio e la bacia sulla guancia. «Sei la sorella migliore che esista. Ciao». Poi mi chiede: «Vieni o cosa?».

Non sono mai stato il tipo che a caval donato guarda in bocca o, in questo caso, in una via di fuga. «Una festa super, Lex. Ci si vede». Poi seguo Drew alla porta. E, se sbirciate nell'angolo opposto della sala da ballo, vedrete Rosaline – che mi segue con lo sguardo.

Capitolo 6

Dopo aver lasciato la raccolta fondi, Drew e io andiamo in un bar. Lui finisce per tornare a casa con un'avvocatessa dai capelli neri e le gambe lunghe in cerca di un po' di sesso per alleviare il dolore di una sconfitta in tribunale. Io mi bevo con calma una birra e noto alcune possibili prede, ma nessuna che mi motivi abbastanza da valere uno sforzo. Sulla via di casa, sono tentato di infrangere la Regola dei Tre Giorni e chiamare Delores.

Cosa? Non conoscete la Regola dei Tre Giorni? State a sentire e imparate. Tre giorni sono un intervallo di tempo perfetto per aspettare a chiamare una donna dopo esserci uscito. Non importa in quale categoria rientra. Che ve la siate scopata oppure no, non dovete fare il suo numero prima del terzo giorno. Non si tratta di giochi mentali o di avere il coltello dalla parte del manico – si tratta di mantenere vivo il suo interesse. Di farla pensare a voi. Il primo giorno probabilmente ripensa all'ultima volta che vi siete visti. Il secondo spera che la chiamiate e si domanda se anche voi vi siete divertiti quanto lei. Il terzo – il giorno magico – ha appena abbandonato le speranze che il telefono squilli. Si chiede cosa sia andato storto, se per caso ha interpretato male i vostri segnali, e poi – *bam* – di colpo arriva la vostra chiamata e lei sprizza gioia da tutti i pori.

Nel corso della giornata ho pensato più volte a Dee –

sempre con un sorriso. Al suo umorismo schietto e saccente, al suo modo di ballare… al piercing al capezzolo. Ma il telefono resta al sicuro nella mia tasca – perché la Regola dei Tre Giorni non dovrebbe mai e poi mai essere infranta.

Arriva sabato sera e tutto va come al solito. Mi vedo con Jack e Drew per l'apertura dell'ultimo locale di tendenza. È un grosso club in un magazzino ristrutturato nel cuore del Meatpacking District. È pieno di gente – corpi da una parete all'altra a malapena con lo spazio vitale e una fila fin dietro l'angolo. Finiamo su un divanetto con cinque stupende olandesi appena scese da una nave da crociera. Amsterdam è una città selvaggia – è la Sodoma e Gomorra dei giorni nostri. Tenere il passo di queste signorine olandesi dopo che sono state in mare per tre settimane può essere dura – persino per noi.

Mi faccio largo a fatica tra la folla fino al bar. Mi sporgo e cerco di attirare l'attenzione del barista. Un minuto dopo, mi sento strattonare da dietro. Sbircio oltre la spalla e vedo una rossa bassa che assomiglia a Snooki con il trucco pesante, che ondeggia sugli stivali marroni dal tacco alto. Mi punta contro un dito e farfuglia a voce alta: «Io ti conosco. Sei il tipo con cui sono andata a letto due settimane fa, quello con la moto».

Mi pareva che avesse un'aria familiare. E ha un nome che va di moda, di quelli un po' androgini – Ricki o Remy…

La sua amica altrettanto bassa ma palesemente più sobria la cinge con un braccio. «Su, Riley, dimenticalo».

Riley. *C'ero quasi.*

Riley mette un broncio approssimativo. «Non mi hai richiamata. Coglione».

Lasciatemi dire una cosa una volta per tutte: quando si tratta di sesso, io sono per le pari opportunità. Non bisogna pensare male di una donna solo perché vuole spassarsela quanto un uomo – niente soprannomi, né onta della sgualdrina. D'altro canto però, le ragazze la devono smettere di giocare la carta della vittima. Se dico che mi interessa solo una cosa da una notte e via, perché d'un tratto passo per stronzo se tra noi non c'è altro? State a sentire quello che dice un ragazzo. Non immaginatevi un significato nascosto dietro quello che fa. La vita reale non è come un romanzo rosa o una commedia; non aspettatevi che sia così.

Tuttavia, mi rimane comunque l'amaro in bocca quando una donna si sente usata. «Non fare così, piccola. Ci siamo divertiti – nessuno di noi voleva di più. Non ti ho mai detto che ti avrei chiamata».

È come se parlassi a un muro. Riley sposta lo sguardo alla mia destra e mette in guardia qualcuno: «Stai attenta a questo qua, sorella… è un dongiovanni».

«Grazie per l'avvertimento».

E nonostante la musica elettronica a tutto volume, riconosco quella voce. Chiudo gli occhi, giro la testa e li riapro su Delores Warren, in piedi accanto a me.

Non siete sorpresi, vero?

Riley scompare dalla mia vista e dai miei pensieri mentre squadro Dee in tenuta da club. Tra i capelli biondi ci sono delle ciocche color porpora e blu, porta un top corto blu elettrico che le copre appena le tette, una gonna che è una misera striscia di tessuto blu e porpora e degli stivali pelosi che le arrivano al ginocchio. Ogni centimetro nudo della sua favolosa pelle coperta di brillantini risplende come un diamante.

Mi sorride con aria giocosa. «Ciao, Dio. Sono io, Dee».

Sono felice di vederla, e non cerco di nasconderlo. «Ehi. Come va? Ti ho lasciato un messaggio questo pomeriggio».

Oggi era il terzo giorno. Ma Dee sembra una delle rare donne immuni alla Regola. Si volta verso il bar ma la sua risposta è abbastanza forte perché riesca a sentirla. «Lo so».

«Perché non mi hai richiamato?».

Lei muove la testa a tempo con la musica e fa spallucce. «Ho pensato che volessi solo fare il carino».

«Io non faccio niente *solo* per fare il carino». Alzo il pollice verso Riley. «Ovviamente».

Non lecco il culo a nessuno – a meno che non sia una ragazza a chiedermelo – e l'unico fumo che vendo è quello delle mie sigarette.

A pochi metri da noi, un tipo dalla carnagione scura con i capelli pieni di gel, una maglietta bianca e dei jeans aderenti si mette a gridare rivolto a Delores. «Ehi, Dee, sbrigati con i drink!».

I tizi di Brooklyn sono di due tipi: i liberali ricchi, che si sono trasferiti laggiù e vogliono immergersi nella vita cittadina mentre riportano le loro villette in arenaria rossa al loro splendore originario, e gli aspiranti gangster, con l'accento marcato e originari del posto che hanno visto *Quei bravi ragazzi* fin troppe volte. Questo cretino rientra decisamente nel secondo gruppo. Lo indico con il mento. «Chi è?»

«È Mickey».

«Sei venuta con lui?»

«No. Sono venuta con alcune colleghe. Sono… qui in giro, da qualche parte».

Poi le pongo la domanda cruciale. «Te ne andrai con lui?»

«Probabile». Quell'unica parola mi colpisce come un gancio al mento.

Dee si sporge sul bancone per ordinare. Quando si risolleva, mi avvicino per non dover gridare. «Puoi fare di meglio».

Lei mi guarda negli occhi, con la stessa espressione che aveva quando me ne sono andato dal suo appartamento mercoledì notte – desiderio misto a tristezza. Rassegnazione.

«Forse non voglio di meglio».

«Dovresti. Mira alla luna e finirai comunque tra le stelle». È un'espressone che mia madre usava sempre.

Dee solleva una spalla. «Lo spazio non fa per tutti. Io sono più il tipo che resta a terra».

L'opinione che una donna ha di sé è come un riflesso nella casa degli specchi – distorto, a volte deforme. Il modo in cui la vedono gli altri è sempre più accurato.

«Ti sbagli di grosso».

«Con Mickey non ci sono complicazioni. È tutto facile».

Sorrido. «Se cerchi le cose facili, sono il tuo tipo – nessuno viene più facilmente di me».

Delores ridacchia e io mi sposto al suo fianco, bloccandole la vista di quell'inutile meraviglia. Lontano dagli occhi, lontano dal cuore, giusto? Le chiedo in tono dolce: «Quando posso rivederti?».

Lei solleva un angolo della bocca. «Mi stai vedendo ora».

«Voglio vederti in un posto predefinito... preferibilmente con meno vestiti addosso».

Dee abbassa lo sguardo sul proprio abbigliamento. «Meno di così? Rischierei un'accusa per oltraggio al pudore».

Mi scappa un sorrisetto. «Allora stai sicura che ci divertiamo».

Arrivano i drink, lei prende il vassoio e mi dice: «Credo che rivederti sarebbe una brutta idea... per tutti e due».

«Ti sbagli di nuovo».

Mi rivolge un dolce sorriso. «Ciao, Matthew». E inizia ad allontanarsi.

Grido: «Ehi, Dee». Lei si gira. «La prossima volta, digli di prenderseli da solo i suoi cazzo di drink, va bene?».

Lei resta a guardarmi per un momento, poi annuisce e scompare tra la folla.

Poco dopo, Drew mi dice che lui e Jack vanno a divertirsi con le viaggiatrici olandesi. «Vieni?», mi chiede. «Buttiamo l'ancora e ci facciamo una bella immersione sotto la cintura?».

Scruto la pista, in cerca di un bagliore blu elettrico. «No, mi sto lavorando qualcuno qui». Guardo Jack sulla porta, che intrattiene le cinque ragazze, e m'informo: «Con quale ci stai provando?»

«Quella in mezzo mi sembra abbastanza disposta a condividere le sue grazie». Ridacchia.

Lo dicevo io. Grugnisco e Drew mi chiede il perché. «Non ti pare strano che tra cinque scandinave, tu punti alla brunetta solitaria del gruppo?».

Drew capisce cosa intendo, ma se ne infischia. «Grazie, Sigmund. Se volessi farmi psicoanalizzare, butterei un sacco di soldi con un vero terapista del cazzo».

«Come vuoi, amico». E gli do una pacca sulla schiena.

Dopo che Drew e Jack se ne sono andati, faccio un giro del locale. Vedo Dee in pista con Tony Soprano Junior e mi si rivolta lo stomaco. I passi spastici e rozzi di lui sono in netto contrasto con i movimenti naturali e ondeggianti di lei, e mi chiedo di nuovo cosa diavolo ci faccia con un tizio del genere.

Trovo un tavolo libero ma vengo placcato da una biondina aggressiva e chiacchierona con un maglioncino in cachemire con le maniche corte e una gonna in pelle. Si siede con me, ignara del fatto che non presto la minima attenzione alle sue parole.

«...e io ho detto tipo, davvero, papà? Cioè, come faccio a concentrarmi sulla specialistica con questo misero mensile...». Il ronzio di sottofondo prosegue fino a quando una ragazza bruna passa per caso accanto al tavolo. La biondina le afferra la mano. «Tracy! Oddio, è passata un'eternità. Facciamoci una foto». Inclina la testa verso quella di Tracy e scatta una foto con l'iPhone. «Questa va dritta su Instagram!».

Ma, non appena Tracy non è più a portata d'orecchio, la Biondina si gira verso di me con lo sguardo torvo. «Odio quella stronza».

Sapete cosa odio io? La falsità. L'affetto fasullo. È da stupidi, una perdita di tempo. L'unica cosa finta che apprezzo è un bel paio di tette modificate chirurgicamente.

Ne ho abbastanza della compagnia di questa pollastra,

ma poi vedo Delores, che esce dal club dietro allo sfigato italiano. Deciso a salvare la serata, chiedo alla Biondina: «Ti va di andarcene da qui?».

Lei si illumina. «Pensavo che non me l'avresti mai domandato».

Capitolo 7

Alla Biondina non va di andare da lei in Ducati, perciò mi dà il suo indirizzo, la sistemo su un taxi e poi salto in sella per incontrarci là. Sono stranamente indifferente alla prospettiva di infilare il cazzo da qualche parte. Questa ragazza è come un'insalata inclusa nel menu – la mangiucchi, ma solo perché te la ritrovi davanti. La mia mente continua a riandare a Dee, che esce dal locale con quella faccia di cazzo indegna.

Ripenso al modo in cui si muoveva mercoledì notte e ai suoni sexy di godimento che le strappavo ogni volta che la penetravo, piano e a fondo.

Chissà se anche lui sta sentendo gli stessi rumori allettanti – e mi girano i coglioni alla grande. Non perché Dee si stia scopando un altro, ma perché questo tipo non se la merita per niente.

O almeno, è quello che mi dico per giustificare l'incazzatura.

Allontano i sentimenti contrastanti mentre trovo un parcheggio a pagamento dietro l'angolo rispetto a casa della bionda, che adesso per me è Insalatina. Mi sta aspettando nell'atrio del suo palazzo e mi apre la porta del suo appartamento al primo piano.

«Wow, fa freddissimo», dice in tono acuto, quasi stridulo. «Non riesco a credere che la temperatura si sia abbassata così in fretta. Chissà se nevicherà presto quest'anno. Io odio la neve. Anche a Natale, cosa non darei per una bella spiaggia…».

La bacio con impazienza – solo per farla smettere di parlare.

Lei squittisce nella mia bocca prima di riprendersi e rispondere al bacio anima e corpo. La sua lingua guizza in fretta con la mia – troppo in fretta. Senza ritmo né grazia. Mi pare di avere un calabrone intrappolato in bocca, senza pungiglione ma con le ali che sbattono all'impazzata. Lei mi spinge all'indietro sul divano e si toglie il maglioncino dalla testa, mostrando un reggiseno beige in pizzo che racchiude due megameloni giganti.

Come ho detto prima, sono un amante del seno, perciò cerco di concentrarmi su questo attributo positivo, ma vengo distratto parecchio dalla sua idea di chiacchiere sconce.

«Oh, sì», geme, spingendo le tette una contro l'altra. «Sono una cattiva ragazza. Tu sei il mio paparino? Il paparino vuole punire la sua troietta birichina?».

Ci sono così tante cose che non vanno in questa frase che non so nemmeno da dove cominciare, che cavolo.

Prima di tutto, la storia del paparino farebbe passare a chiunque la voglia all'istante. È efficace come immergersi in una vasca di acqua gelata. Mi fa pensare a mio padre, ai bambini e a migliaia di altre cose che *non* voglio nemmeno immaginare durante i preliminari. La *troietta birichina* è stato uno sforzo audace – mi piace il gioco di ruolo con la dominatrice, i nomignoli e gli schiaffi sul sedere che va così tanto di moda tra le donne in questo periodo. Ma la sua voce infantile e ansante rovina l'effetto.

Quella di Delores è bassa, sensuale, inconfondibilmente da donna. Quando mi ha implorato di scoparla o ha gridato *come* voleva che la prendessi, non era forzata né finta. Era improvvisata e vera, perché lei era così eccitata, così presa dall'estasi del momento, che restare in silenzio non le era semplicemente possibile.

Grugnisco mentre Insalatina mi salta in grembo. Mi afferra la maglietta ma riesce solo a scorticarmi il collo. Poi, con una forza sorprendente, mi spinge la testa tra le tette, con una presa tanto salda che non riesco a respirare, che cazzo. Per i vichinghi morire sul campo di battaglia era una "buona morte", e di norma penserei lo stesso dell'asfissia causata da un bel paio di tette... solo che non sono queste da cui vorrei farmi uccidere. Mi sforzo di girare la testa e ci riesco solo dopo averle afferrato i bicipiti e averla spinta all'indietro. Reclino il capo e inspiro a fondo.

E poi, sempre tenendole le braccia, la guardo in faccia. Un bel naso, labbra umide e rosa e due occhi azzurri e tondi che mi fissano. È sexy. Un otto pieno. Una qualsiasi altra sera ci starei in pieno, ma oggi... no.

Perché gli occhi che vorrei avere puntati addosso sono marrone chiaro con venature dorate. Le labbra che vorrei mordicchiare sono rosse e piene e sanno rispondere in modo assolutamente diretto e inaspettato. Sono più eccitato dall'immagine di Dee nella mia mente che dall'alternativa in topless che mi sta avvinghiata da cinque minuti.

«Calma... Aspetta un secondo. Non funziona per me», le dico.

«Cosa vuoi dire?».

A sentire le donne, gli uomini dovrebbero sempre essere sinceri con loro. Vediamo come vanno le cose. «Tu sei carina e sembri una ragazza divertente... ma mi sono appena reso conto che... al momento ho in testa un'altra».

Gira il collo e mi chiede: «Scusa?»

«Senza offesa». Insalatina si copre il petto immenso con le mani e mi guarda in cagnesco. «Se ti fa sentire meglio, se non avessi incontrato prima lei, in questo istante starei sicuramente facendo sesso con te».

Salta in piedi. «Razza di stronzo!».

Posso capire perché la veda così.

«Esci dal mio appartamento, coglione!». Prende un sottobicchiere dal tavolino – di quelli pesanti in ceramica – e lo agita come una frusta verso la mia testa. Al primo tentativo mi manca, ma al secondo mi prende sulla scapola mentre mi fiondo verso la porta.

«Oh! Cristo, me ne sto andando!».

«Idiota!».

Ecco la prova: chiunque abbia detto che l'onestà è la linea migliore, ovviamente mentiva.

Parcheggio la moto sul marciapiede e mi avvio in fretta al portone del palazzo di Dee. Suono il citofono una, due, tre volte in cerca di fortuna. Aspetto cinque secondi, ma non ottengo risposta.

Allora faccio quello che farebbe qualsiasi altro normale essere umano.

Premo il bottone fino a vedere sbiancare la punta del dito.

Biiiiiiiiiiiiiiiiiiiiiiiiiiiiiiiiiiiiiiiiiiiiiiiiiiiiiiiiiiiii iiiiiiiiiiiiiiiiiiiiiiiiiiiiiiiiiiiiiiiiiiiiiiiiiiiiiiiiiiiiiiii iiiiiiiiiiiiiiiiiiiiiiiiiiiiiiiiiiiiiiiiiiiiiiiiiiiiiiiiiiiiiiii iiiiiiiiiiiiiiiiiiiiiiiiiiiiiiiiiiiiiiiiiiiiiiiiiiiiiiiiiiiiiiii iiiiiiiiiiiiiiiiiiiiiiiiiiiiiiiiiiiiiiiiiiiiiiiiiiiiiiiiiiiiiiii iiiiiiiiiiiiiiiiiiiiiiip...

Quando ancora nessuno risponde, lo ammetto, comincio ad andare nel panico. Mi sposto sul marciapiede, sotto la finestra di Delores, e con le mani a coppa intorno alla bocca grido: «Delores! Ehi Dee, sei sveglia?».

Visto che siamo a New York City, un vicino mi strilla subito di rimando: «Adesso siamo tutti svegli, coglione!».

Da diverse direzioni sento dei «Stattene zitto!», e credo che una donna mi abbia persino lanciato contro un vaso.

Ma preferisco credere che sia stato un incidente.

Senza altre risorse, inclino la testa all'indietro e faccio la mia migliore imitazione di Marlon Brando. «Stella! Steeellllaaaa!!».

La finestra di Delores si spalanca. Finalmente, cazzo.

«Matthew?», grida, sorpresa.

Infilo le dita nei passanti della cintura, con fare disinvolto. «Ehi», rispondo. «Come va?»

«Cosa diavolo stai facendo?», mi chiede.

E a questo punto mi rendo conto che il mio grande piano per impedire a lei e a Tony di darsi da fare… arrivava solo fino a qui. *Dannazione.* D'ora in avanti mi tocca improvvisare.

«Volevo… Puoi scendere, per favore?».

Per qualche miracolo, lei non mi manda affanculo.

E, due minuti dopo, eccola sul marciapiede… con il compare alle calcagna.

Grazie al cielo lei ha ancora addosso i vestiti che portava al locale. Il che non significa comunque molto – soprattutto considerando che la coprono poco più di un completo intimo, ma a questo punto devo vedere ogni lato positivo che posso.

L'aspirante delinquente le si para davanti e mi dà uno

spintone. «Che cazzo di problema hai? Sei uno psicopatico?».

D'istinto, alzo i pugni in posizione di difesa. «Non sono venuto per litigare, ma se ti va... io ci sto».

Poi noto un tatuaggio sulla parte passa del bicipite – la Vergine Maria con la scritta AVE MARIA appena sotto. E scelgo un approccio diverso.

«Sto solo cercando di salvare il mio matrimonio».

Sì, mentire è un colpo basso – ma in momenti di disperazione...

Lui gira di scatto la testa verso Dee. «Sei sposata?».

Lei è orripilata. «No che non sono sposata. Questo è pazzo!».

Apro il portafoglio e mostro la foto di Mackenzie, con finta espressione sincera. «La famiglia è tutto per me. So che non mi conosci, ma potresti farmi un favore e... andartene?».

Adesso sì che Dee è incazzata. Mi colpisce alla spalla e si volta verso lo scarto di *Jersey Shore*. «Mickey, quella non è mia figlia e questo non è mio marito!».

Lui risponde: «Mi chiamo Mikey».

Che sollievo vedere che non sono il solo ad avere problemi con i nomi stasera.

Esasperata, Dee chiede: «Importa qualcosa?».

Per la maggior parte dei ragazzi, non importa proprio niente – non ci interessa se gridate il nome del Papa mentre vi facciamo venire. Ma, a quanto pare, questo Mikey non è come tutti gli altri. Perché alza le mani in segno di resa. «È davvero troppo per me. Io me ne vado». Poi gira sui tacchi e si allontana.

Osservo con gioia la sua sagoma che batte in ritirata.

Poi mi volto verso Dee, con un pollice sulla spalla. «Certa gente crede proprio a tutto».

E a questo punto mi tira un pugno – dritto sulla bocca.

Incespico all'indietro e sento il sapore del sangue. Sarà anche piccola, ma Delores ha un gancio destro formidabile. Mi agita davanti un dito e impreca: «Non so cosa cazzo stia succedendo, ma *non* mi sta bene!».

Abbasso lungo il fianco la mano che avevo portato alla bocca ferita. Ho la mente vuota – non una sola battuta o una risposta sagace in vista. Riesco solo a chiedere: «Perché non ti piaccio?»

«Cosa?»

«Ci siamo divertiti, abbiamo fatto del sesso fantastico, abbiamo riso… ma adesso non vuoi avere niente a che fare con me».

«È un concetto nuovo per te?».

Grugnisco. «Merda, sì, è nuovo. Io piaccio a tutti. Sono un gran bel tipo, che cazzo».

Dee si massaggia la fronte con le punte delle dita, come faceva mia madre quando sentiva un principio di mal di testa. Poi, con un sospiro, ammette: «Okay… il fatto è che… non sei tu, sono io. Il problema sono io».

Strizzo gli occhi per il disgusto. «Gesù Cristo, ma parli sul serio? Io ti sto praticamente aprendo il mio cuore, e tu non ti degni nemmeno di inventare una bugia decente?».

Dee allarga le braccia. «Ti sto dicendo la verità. Tu mi piaci davvero. Sei molto carino, molto divertente e sei fantastico a letto. Ma io… sono più contenta senza una relazione. Quando le cose si fanno serie con qualcuno… perdo un po' la testa».

«Chi ha mai parlato di una relazione? Continuiamo

solo… a divertirci. Vediamo cosa succede. Non è che dobbiamo partire per Las Vegas e sposarci».

Sarebbe ridicolo.

Dee scuote il capo. «Non capisci. Non va mai a finire bene. E stavolta non sarà diverso, Matthew. Una volta pensavo che il problema fossero gli uomini che sceglievo, ma alla fine ho accettato il fatto che sono io. Con me i bravi ragazzi prendono una brutta strada. Sono come… una pompa per il pene… trasformo gli uomini in cazzoni giganteschi. Sono il tipo di ragazza da cui tua madre ti ha messo in guardia. Porto guai».

Ha un'espressione così seria che non riesco a non ridere. «No che non lo sei».

«Tu non mi conosci».

«Le cose che ho scoperto finora sono abbastanza fantastiche».

Lei fa per contraddirmi, ma io continuo. «Ci stai pensando su troppo. Possiamo essere trombamici se ti fa sentire meglio. Nuovi amici con vantaggi favolosi. Ci sarò quando avrai un certo prurito… quando avrai voglia di fare sesso alle due di notte. Solo… non scoparti nessun altro – non ne avrai bisogno».

Lei inizia a scuotere la testa. Ma le dico: «E poi il mondo potrebbe finire domani, ricordi? Potrebbe esserci un'invasione aliena… il riscaldamento globale… dobbiamo vivere nel presente, perché non si può mai sapere quando finirà».

Le porgo una mano. «Corri il rischio, Dee. Non ti deluderò».

Gli occhi color del miele guardano la mia mano con malinconia. «Dio, sei così buono».

Mi scappa un sorrisetto e, senza pensarci, dico: «L'hai detto».

Dee scoppia a ridere.

Poi mi prende la mano nella sua. Sono fatte per stare l'una nell'altra alla perfezione.

Come due scolaretti alle prese con le prime cotte, restiamo così per qualche momento, a sorriderci a vicenda. Senza dire una parola, ci giriamo e ci incamminiamo verso il suo appartamento.

Con aria fin troppo seria, Dee dice: «Ehi, Matthew?».

Alzo le sopracciglia.

«Quando ne avrai abbastanza, ricordati che ho cercato di avvisarti, va bene?».

Non so con che razza di pezzi di merda fuori di testa sia uscita Dee, ma sentirla parlare così mi manda in bestia. Sono determinato a dimostrarle che si sbaglia e a risollevarle il morale. Quindi mi sporgo verso di lei e sussurro: «Sei troppo bella perché possa mai averne abbastanza».

Delores alza gli occhi al cielo. E io ho la netta sensazione che pensi che le stia raccontando un sacco di cazzate. Dovrò continuare a dirle che è bella fino a quando mi crederà.

Capitolo 8

Ci si sente sempre un tantino disorientati a svegliarsi in un posto estraneo. Apro gli occhi per la luce del sole che filtra dalle tende viola trasparenti in una stanza piena di vestiti. La notte scorsa, dopo essere rientrati nel suo appartamento, Dee e io abbiamo parlato ancora un po'. È saltato fuori che non aveva fatto sesso con il compare. Lui aveva passato gran parte del tempo al telefono con un amico. *Idiota.* Lei mi ha chiesto se mi avrebbe dato fastidio se ci fosse stata con lui, e la mia risposta è stata sì. Ma... preferirei passarci sopra.

Mi infilo i boxer e seguo il profumo di bacon e il rumore della musica fino in cucina. Dee è in piedi al fornello e mi dà la schiena, mentre canta *Beneath Your Beautiful* che esce dallo stereo, montato sotto il pensile.

Ha una voce adorabilmente brutta – stonata e stridula – come quella di un gatto in calore. I capelli ramati – con le ciocche ancora colorate dalla notte scorsa – sono tenuti su da alcune bacchette e l'unica cosa che indossa è la mia camicia blu con i bottoni sul colletto. La canzone finisce e io applaudo.

Lei si gira, con una spatola in mano. «'Giorno».

«Bella camicia».

Lei fa spallucce. «Visto che ti stavo preparando la colazione, ho deciso di rispettare il cliché fino in fondo e metterla».

Mi avvicino e le pianto un dolce bacio sulle labbra. Lei sorride, timida. «Hai fame?»

«Sto morendo».

Dee mi passa due bicchieri di succo d'arancia e prende dal bancone un piatto di bacon e uova strapazzate. Ci sediamo al piccolo tavolo con due sedie e ci diamo dentro.

«Buono», commento.

«Bacon di tacchino biologico. È come il crack. Una volta che lo provi, non mangerai mai più maiale».

Mentre ci sfamiamo, colgo l'occasione per guardarmi intorno. Prima ero troppo occupato a farla gemere. È più pulito di quanto mi aspettassi, e più eclettico. Una poltrona reclinabile rossa che ha visto giorni migliori sta accanto a un tavolo rotondo su cui spicca un mosaico, di fianco a un divano beige dall'aria comoda con una coperta marrone e soffice sullo schienale. Cuscini a fiori di tutte le forme sono sparsi ovunque e in un angolo sta un alto paralume con una frangia di perline. Le pareti sono abbellite da qualche fotografia – una di Delores, in piedi con una donna dai capelli di un colore simile al suo, e che immagino sia la madre. Un'altra con Dee sui tredici anni, un braccio intorno alle spalle di Kate Brooks con tanto di apparecchio e l'altro intorno a un ragazzo castano, che dev'essere il cugino di Dee. Tutti e tre con i rollerblade.

Inghiotto una forchettata di uova appetitose e chiedo: «Cosa fai oggi?»

«Devo andare al mercato dei contadini a Brooklyn… ma per il resto, niente».

«Ti va di uscire?»

«Okay».

«Facciamo un salto da me, così mi lavo, e poi devo fare

una breve sosta, ma pensavo che dopo potremmo andare a Central Park».

Il bello di vivere in città è che c'è sempre qualcosa da fare. Anche con il culo su una panchina al parco a dar da mangiare ai piccioni, ti sembra comunque di fare qualcosa.

«Mi piace. Vado a vestirmi».

Trenta minuti più tardi e fresca di doccia, Dee esce dal suo palazzo con i capelli raccolti in uno chignon, un top argento senza spalline, pantaloni in pelle nera e tacchi alti tigrati.

Per fortuna la moto che ho parcheggiato illegalmente non è stata rimossa e non ho preso nemmeno la multa. Dee la guarda con un certo apprezzamento. Fa scorrere una mano sul sedile e mi torna in mente quando ha fatto lo stesso sulla mia pancia, scendendo centimetro dopo centimetro. Le prendo la mano e le bacio il palmo. «Non accarezzarla così se non fai sul serio».

Lei si alza in punta di piedi e mi sussurra nell'orecchio: «Faccio sempre sul serio».

Prendo un casco dal portaoggetti sul retro della moto e glielo metto, assicurandolo sotto al mento. Dee è il perfetto mix tra sensuale e adorabile, sexy e carina – potrei mangiarmela proprio qui in mezzo alla strada.

Lei si arrampica sulla moto e mi fa l'occhiolino. «Fammi fare un giro, Matthew».

Faccio salire di giri il motore. «Tieniti stretta».

Non tutte le ragazze sono tagliate per andare in moto. Una o due mi si sono aggrappate tanto forte da lasciarmi i segni delle unghie sulla pelle e la sensazione che mi avessero amputato gli arti. Un'altra volta, una tipa non si è tenuta abbastanza – era troppo impegnata a gridare di gioia e ad agitare le mani per aria – e mi ha quasi fatto venire un infarto quando l'ho vista volare via dietro di me.

Grazie al cielo non si è fatta niente. Dee mi stringe il giusto – con un braccio intorno alla mia vita, l'altra mano sulla mia coscia, lo splendido contatto delle tette contro la mia schiena e il suo mento appoggiato sulla mia scapola.

Sarei più che felice di farle fare un lungo giro dopo l'altro. In tutti i sensi.

Arriviamo al mio palazzo, sistemiamo la moto nel parcheggio privato e ci avviamo all'ingresso. Delores ammira l'architettura imponente mentre io ritiro la posta dalla cassetta.

Quando entriamo nel mio appartamento, le dico di fare come a casa sua e salto sotto la doccia. Poi mi asciugo, infilo un paio di jeans e una camicia in flanella. Per il momento la lascio sbottonata e torno in soggiorno in cerca di Delores, che sta scrutando fuori dalla finestra panoramica.

«Credo che d'ora in avanti ti chiamerò "Upper West Side"», mi dice con un gran sorriso.

«Ma "Dio" è più preciso».

Si sposta alla libreria. «Queste foto sono fantastiche». Ne sta guardando una che ho scattato a Mackenzie l'anno scorso, mentre manda un bacio all'obiettivo. La luce mette in risalto il luccichio nei suoi occhi azzurri da bambina.

«È Mackenzie», le spiego. «La nipotina di cui ti ho

parlato mercoledì sera... che tecnicamente non è mia nipote». Indico la cornice accanto. «E quelli sono i miei genitori». È in bianco e nero – mia madre pare magnifica e incapace, mio padre scorbutico e inconsapevole; le loro espressioni quotidiane.

Prendo la borsa della macchina fotografica, mi assicuro di avere della pellicola extra e controllo le lenti.

«Hai una camera oscura?», mi chiede Dee.

«In effetti sì».

Nei suoi occhi compare un'espressione che inizio a conoscere bene – che mi dice che è eccitata. «Me la fai vedere?».

Metto giù la macchina fotografica e sollevo un braccio. «Da questa parte».

Ufficialmente, è una cabina armadio, ma senza finestre e abbastanza grande per uno scaffale di composti chimici e un tavolo con una fila di vassoi per sviluppare le foto. Ovviamente la luce è fioca, color seppia. Mentre Delores si guarda intorno, chiudo la porta alle nostre spalle, e vengo invaso dalla sensazione di quando a tredici anni giocavo a sette minuti in paradiso. Ma il paradiso, all'epoca, non era mai così bello.

Gli occhi di Dee mi squadrano dalla testa ai piedi. «Hai idea di quanto sia sexy tutto questo, Matthew?»

«Un pochino», ammetto.

Si schiaccia contro di me e mi spinge la schiena contro la porta chiusa. Mi bacia sul mento e poi me lo gratta con i denti. «Prima o poi mi farai una foto?». Piega le ginocchia e scivola verso il basso lungo il mio petto, lasciando una scia di calore con le mani sul torace e sullo stomaco.

Deglutisco a fatica. «Certo che ti farò una foto».

Mi tempesta la pancia di baci leggeri. «Saremo come due moderni Jack e Rose di *Titanic*».

Con il respiro ormai pesante, ribatto: «Jack era una femminuccia. Se fossi stato in lui, avrei legato Rose, l'avrei imbavagliata e l'avrei buttata su una scialuppa. Poi sarei salito dopo di lei». Vorrei anche puntualizzare che se quella cavolo di Rose avesse fatto come le aveva detto Jack, sarebbero sopravvissuti tutti e *due*.

Dee si inumidisce le labbra con la lingua e mi abbassa i jeans sui fianchi, liberando il mio uccello già sofferente. Circonda la base con la mano minuta e schiaccia lentamente. «Fino a quando mi farai delle foto e le svilupperai in questa stanza, voglio che pensi a questo la prossima volta che entrerai qui dentro».

Sempre accarezzandomi la base, copre la punta con le labbra, succhia con delicatezza e muove la lingua a guizzi. Appoggio di più il peso contro la porta – ho le ginocchia deboli. Lei sposta la testa, ritrae il prepuzio e mi prende tutto l'uccello in bocca.

Non riesco a trattenere un gemito. «Cazzooo».

Ha la bocca calda e umida e così stretta, che nel buio dietro le palpebre chiuse mi appaiono dei puntini luminosi.

Poco per volta lei prende a succhiare sempre più e a muovere il palmo sempre più in fretta – io affondo la mano tra i suoi capelli e stringo.

Dee è in piena attività intorno a me e io la imploro: «Più in fretta...». Lei obbedisce e la sua testa schizza avanti e indietro più in fretta, portandomi a ogni affondo della bocca sempre più vicino. Ansimo. «Dee... sì... fammi venire...». Lei succhia ancora più forte e poi vengo, tra gemiti esausti, tenendole la testa col pugno – cercando di non tirare. Non appena mi lascia andare, crollo a terra, con il fiatone come se avessi appena concluso la maratona di New York.

Allungo una mano verso Delores e la tiro contro il mio petto. Le do un bacio sul naso, sulle guance e infine sulla bocca, un bacio profondo: «Me lo ricorderò per tanto, tanto tempo».

«Missione compiuta».

«Mi prendi in giro, vero?».

Tolgo il casco e lo assicuro alla moto. «No, sono serio».

Dee è ancora in sella. «Io ti aspetto qui, se per te fa lo stesso».

«Su, è già a metà ormai, devo solo lasciare la busta».

«Hai mai sentito il detto: "Nervosa come una puttana in chiesa"?»

«Piantala di sminuirti con questi commenti. Se sono la norma, dovrò cominciare a preoccuparmi davvero. Andiamo».

«Dovrò bere del sangue?»

«Solo se sei battezzata».

Se non l'avete ancora capito, siamo alla chiesa di St Mary. È domenica, e la domenica io vado in chiesa, anche se solo per la parte finale della messa. Ho la profonda convinzione che, se non lo faccio, accadrà qualcosa di terribile.

Dodici anni di scuola cattolica e la pensereste così anche voi.

Trascino Dee nel vestibolo. Lei avanza con cautela, come se entrasse in una casa infestata.

Dalle doppie porte esce un uomo distinto in giacca e cravatta con i capelli grigi e un cestino pieno di offerte. *Tempismo perfetto.*

Ci infilo la busta e chino il capo mentre la voce del sacerdote nella navata principale riecheggia dagli altoparlanti, con la benedizione finale. Dee mi osserva e mi imita, in piedi accanto a me.

Prima che il prete finisca, la mia attenzione viene attratta dallo scalpitio di passi sulle scale che risalgono dal piano interrato. Dalla porta laterale, sorella Beatrice Dugan entra nel vestibolo seguita da una decina di studenti del catechismo suddivisi in due file.

Sorella B è stata la mia prima esperienza sessuale. Cioè… la mia prima esperienza sessuale solitaria. Per noi è stata la prima per tutto – è con lei che io e Drew siamo arrivati il più vicino possibile a una cosa a tre.

Aspettate, quest'ultima parte è troppo volgare, dimenticatela.

Comunque, la pubertà è un periodo confuso per un ragazzo.

Avere un'insegnante strafiga che per giunta è anche una suora ha reso la mia ancora più confusa. Quando ho scoperto per la prima volta le gioie della masturbazione, mi sono lasciato trasportare. Sfortunatamente, non mi sono solo arrangiato da solo – ci ho proprio dato dentro. E così, a tredici anni, mi sono ritrovato con una diagnosi di SPI – sindrome del pene irritato. Non c'è bisogno che mi spieghi meglio, vero?

Mia madre si sarà anche bevuta la spiegazione del dottore per cui la SPI era dovuta al fatto di aver indossato troppo a lungo un costume bagnato, ma mio padre di certo no. In una delle nostre conversazioni più tenere, mi ha detto che non c'era nulla di cui vergognarsi nel farsi una pippa, che era come l'elettricità – Dio non ci avrebbe dato il pene se non avesse voluto che lo usassimo. Ma, come in tutte le cose, la chiave stava nella moderazione. Dopo quella chiacchierata mi sono dato una calmata e sono riuscito a regalarmi piacere da solo regolarmente, senza farmi del male.

Con un'occhiata, sorella B zittisce i bambini che ridacchiano. Poi, con un accento irlandese che nel tempo non si è scalfito, dice: «Matthew, come stai, ragazzo mio?»

«In gran forma, sorella B».

«In gran forma e sempre in ritardo per la messa? Ah, ah».

Alzo le spalle. «Meglio tardi che mai».

Lei mi sorride. «Immagino che tu abbia ragione, anche se dovresti recitare qualche Padre Nostro per la puntualità. Ho visto i tuoi genitori alla prima messa; avevano un'aria splendida, come al solito».

Annuisco. Poi mi giro verso Dee e dico: «Delores, questa è sorella Beatrice, la mia insegnante della scuola elementare. Sorella B, questa è Delores Warren».

La religiosa la saluta. «Piacere di conoscerti».

Dee fa un cenno con la mano. «Salve».

Sorella Beatrice aggrotta le sopracciglia. «Sembri a disagio, cara. Perché?».

Dee pare irrequieta. «È solo che… io non sono cattolica. Nemmeno un pochino».

Sorella B le dà una pacca sulla spalla e, in tono sommesso, le dice: «È tutto a posto. Nemmeno Gesù lo era».

Arrivati a Central Park, estraggo la macchina fotografica e scatto qualche bella foto a Dee vicino alla fontana. Poi ne faccio qualche altra alle foglie che cadono dagli alberi. Infine ci sdraiamo uno accanto all'altra su una coperta stesa sull'erba, riscaldati dal sole tiepido del pomeriggio autunnale. E ci facciamo delle domande – di quelle a caso e inappropriate, che sono sempre divertenti e permettono di conoscere bene una persona.

«Sei mai stato arrestato?», mi chiede Dee mentre giocherella con i bottoni della mia camicia in flanella.

«Non ancora. E tu?».

Sorride. «Arrestata, ma mai condannata». Poi mi racconta di quella volta in cui lei, il cugino e Kate sono stati beccati dopo essersi intrufolati nella pista di pattinaggio oltre l'orario di chiusura e sono stati riaccompagnati a casa dallo sceriffo. Sua madre non ne era stata esattamente elettrizzata.

«Hai mai fatto sesso in un luogo pubblico?», domando io, in parte perché sono curioso... e in parte per riferimenti futuri.

«Mmh... in pubblico, sì, ma credo che nessuno ci abbia visto».

Faccio scorrere le dita tra i suoi capelli, con i riflessi rossi accentuati dalla luce del sole, che li rende più fiammeggianti che dorati.

«Hai mai fatto sesso sulla tua moto?», tocca a lei. E spero che anche questo sia per riferimenti futuri.

«Sì. Non è semplice come potresti credere. Ma tutti dovrebbero provarlo almeno una volta». Poi le chiedo: «Qual è il tuo colore preferito? E come ti piace il caffè?»

«Non ho un colore preferito – cambia, a seconda del

mio umore. E non bevo caffè. Cerco di stare alla larga dalla caffeina, fa male alla pelle».

Dee è molto attenta all'alimentazione. Prima ha parlato di andare al mercato dei contadini a Brooklyn, per fare scorta di finocchio e citronella e di qualche altra stronzata che ho sentito nominare solo in ristoranti ricercati dove la presentazione conta più del gusto. Non è la mia idea di un buon pasto. Ma lei giura che il müsli fatto in casa non assomiglia per niente al mangime per conigli.

«Nella tua famiglia sono tutti ferventi cattolici?».

Ridacchio. «"Ferventi" è una parola grossa, ma andiamo tutti in chiesa». Ci penso un momento ancora e aggiungo: «Be', tutti tranne Drew. A parte per matrimoni e battesimi, non mette piede in una chiesa di sua spontanea volontà da quando eravamo piccoli».

Dee si gira sulla pancia e appoggia il mento sul mio petto. «Come mai è diventato la pecora nera? Si è trovato un tatuaggio con scritto 666 sullo scalpo o qualcosa del genere?».

Sorrido, perché sono sicuro che diversi dei religiosi che abbiamo avuto come insegnanti si erano fatti la stessa idea su di lui.

«No. Drew e Dio hanno avuto uno scontro quando avevamo circa dieci anni. È stato l'anno in cui alla mamma di Steven, Janey, è stato diagnosticato un tumore al seno. I nostri genitori ci hanno fatto sedere tutti insieme, ci hanno detto che lei stava male ma che i dottori la stavano curando e che noi dovevamo pregare più che potevamo perché la terapia funzionasse.

Drew non ha preso bene la notizia. Non riusciva a capire come mai, con tutti i coglioni che ci sono al mondo,

Dio dovesse tormentare con una malattia mortale una persona gentile come Janey. A ogni modo, lei ha fatto la chemio e alla fine il tumore era parso in remissione. Ma quando eravamo al liceo, il cancro è tornato ancora più aggressivo e, nel giro di qualche mese, lei è morta. È stata la prima persona che conoscevo a morire. Quando sono nato, i miei nonni erano già scomparsi da tempo. Le mie zie e gli zii ci sono ancora tutti, ma Janey aveva trentanove anni e, persino a quell'età, mi sembrava giovane».

Delores inclina la bocca verso il basso in segno di compassione.

«Ma la vera botta è stata al funerale. Il padre di Steven, George, era a pezzi e, purtroppo, si era rivelato inutile. Così gravava tutto sulle spalle di Steven. Ha dovuto prendere le decisioni importanti e fare il padrone di casa con gli ospiti durante i tre giorni di veglia. Aveva sedici anni – lui e Alexandra avevano cominciato a uscire insieme pochi mesi prima della scomparsa di Janey».

Mentre continuo a seguire la linea dei ricordi, osservo tre passerotti, che volano sincronizzati alla massima precisione.

«Comunque, il giorno del funerale, ci avevano permesso di andare un po' prima accanto alla bara – solo i membri più stretti della famiglia. Steven voleva essere il primo per passare del tempo da solo con sua mamma. Drew e io l'abbiamo accompagnato per dargli sostegno morale. All'epoca il prete della St Mary era padre Gerald – un coglione vecchio stampo e arrogante, conosci il tipo? È entrato nella stanza dove stavamo noi tre e ha detto a Steven che la madre era morta perché non era pura. Che se fosse stata più santa, Dio l'avrebbe salvata. Poi ha detto che la sua morte era un segno della nostra mancanza di fede. Che se avessimo creduto di più, il Signore avrebbe risposto alle nostre preghiere».

Dee spalanca la bocca. «Ma è terribile. E cos'ha detto Steven?»

«Niente. Era troppo scioccato e sconvolto dal dolore per ribattere. Drew invece ha sempre avuto la risposta pronta. Quindi si è alzato, si è piantato proprio davanti alla brutta faccia di padre Gerald e gli ha detto: "Vaffanculo, padre, a lei e all'asino su cui è entrato. Non c'è in giro qualche chierichetto a cui può offrire il vino della messa per farsi una bella scopata?"».

Gli angoli della bocca di Dee si risollevano. «Più sento parlare di questo Drew e più mi piace».

Annuisco. «Padre Gerald è diventato tipo viola e stava per dare a Drew una bella battuta quando sono entrati John, Anne, George e i miei genitori. Allora ha aspettato, ma il giorno dopo ha cercato di far cacciare Drew da scuola. Ha detto che se non si fosse scusato, l'avrebbe fatto espellere. Anche se a John non erano piaciute le parole del prete, aveva insistito perché Drew gli chiedesse scusa per avergli mancato di rispetto. Ma Drew non ha ceduto – si rifiutava di scusarsi con un simile "coglione malvagio".

«E poi Anne aveva cominciato a piangere. Singhiozzava, diceva che se l'avessero espulso si sarebbe rovinato la vita e si chiedeva in cosa avesse sbagliato lei. E così Drew è crollato – perché non sopportava di far piangere sua madre.

«Ha scritto una lettera di scuse a padre Gerald e si è fatto in quattro per eseguire tutte le penitenze che quel vecchio bastardo gli ha inflitto. Ecco perché Drew è in grado di citare la Bibbia parola per parola, perché lui gliel'ha fatta copiare, fino all'ultima virgola, ogni giorno dopo la scuola. Comunque, una volta finita la punizione, Drew si era ormai convinto che il cattolicesimo è solo una gran fregatura e che a Dio non gliene frega niente di nessuno di noi».

Dee inclina la testa e mi guarda con aria pensierosa. Poi mi chiede: «Ma tu non ci credi?»

«No. Ho chiesto a sorella Beatrice se padre Gerald avesse detto la verità. Se davvero, se avessimo avuto più fede, Dio avrebbe risposto alle nostre preghiere».

«E lei che ti ha detto?», s'informa Dee.

Con il mio miglior accento irlandese, rispondo: «Ha detto: "Matthew, ragazzo mio, il Signore risponde a ogni preghiera... ma a volte, la risposta è no"».

Dee riflette per un momento. Poi commenta: «Be'... bello schifo».

Sorrido. «È quello che ho detto anch'io».

Poi mi chiedo a voce alta: «E tu? Sei cresciuta con qualche religione?»

«Sì, diciamo di sì. Dal punto di vista spirituale, mia madre è sempre stata aperta a diverse strade. Un po' di mormonismo qui, un po' di protestantesimo là, ma mai niente di duraturo. Si è interessata alla Kabala molto prima che diventasse di moda con Madonna. Adesso è presa bene dal buddismo – per Tina Turner ha funzionato».

Quando ci riavviamo alla mia moto, è ormai tardo pomeriggio. Sto sistemando la coperta piegata e la macchia fotografica nel portaoggetti rigido, quando sento pervadere il naso dal profumo di hot dog con chili fresco dal chiosco sul marciapiede e mi brontola la pancia. Prendo il portafoglio e chiedo a Dee: «Ne vuoi uno?».

Lei guarda la bancarella come se fosse una pistola carica. «Ah... no. Preferisco superare i cinquant'anni, grazie».

Ordino il mio con chili extra, poi ribatto: «Il chiosco di hot dog *rappresenta* New York». Lo stesso vale per una fetta di pizza.

«Il chiosco di hot dog rappresenta un attacco di cuore racchiuso in un panino. Ma lo sai quanti nitrati ci sono in quella roba?»

«È per questo che è così buono. Sai, per essere una che si dice tutta *carpe diem*, ti fai un sacco di scrupoli».

Dee cede. «Okay, bene...». Si rivolge al venditore. «Uno, per favore».

«Con chili?», le chiedo.

«Certo. O tutto o niente, no?».

Sorrido. «Mi piace il tuo modo di pensare».

Mangiamo in piedi accanto alla moto. Quando Dee finisce, le resta una macchia di salsa sul mento. Invece di dirglielo, ci penso io con la lingua.

«Mmh...». Schiocco le labbra. «È ancora più buono su di te».

Lei ride. Ed è un suono fantastico.

L'ultima fermata del giorno è al mercato dei contadini a Brooklyn. La capienza del bagagliaio della Ducati è un limite, ma Dee ha detto che avermi con sé valeva la pena della seconda spesa che le toccherà più avanti nel corso della settimana. La aiuto a portare gli acquisti nel suo appartamento e, quando sto per chiederle di uscire a cena, lei mi cinge il collo con le braccia e mi dà un gran bacio sulla bocca.

Che cazzo, la cena può aspettare.

Lascio cadere a terra le borse e le afferro il culo. Lo stringo e lo massaggio, con la barriera sottile ma fastidiosa dei pantaloni neri. Lei affonda le mani tra i miei capelli mentre io la sollevo e mi avvolgo le sue gambe intorno alla vita, per regalare al mio uccello già duro il contatto che brama. Le succhio il labbro inferiore e lei mi massaggia le spalle con le mani, con le dita che emanano un calore rilassante. Le graffio la mascella con i denti e ci faccio girare, spingendole la schiena contro il freezer. Lei geme mentre i nostri inguini sfregano e strisciano uno contro l'altro.

Ansimiamo tutti e due e io le mordicchio il collo. Poi lei mugugna. «Matthew… Matthew, devo…».

Sposto le labbra sulla sua pelle calda. «Dio, anch'io…».

«Sto per…».

Poi Dee si stacca dalla mia presa e mi fa cadere sul sedere per la fretta di correre lungo il corridoio. Sono lì per terra, con il respiro pesante, nel tentativo di capire cosa diavolo sia appena successo, quando dal bagno giunge il rumore inconfondibile di conati di vomito.

Scommetto che non ve l'aspettavate, eh? Siamo in due.

Il mio stomaco si rivolta mentre percorro il corridoio; sentire Dee che sta male mi fa proprio venire la nausea, che cavolo. Mi appoggio con un braccio allo stipite della porta. «Stai bene?».

Lei è seduta di fronte alla tazza, con un fazzoletto di carta premuto sulle labbra e gli occhi chiusi.

«Ti sembra che stia bene, genio?»

«No».

Lei geme… in modo decisamente non bello. «Tu e il tuo stupido hot dog con chili. Credo che fossero andati a male».

Come qualsiasi uomo sotto accusa, mi lancio in un tentativo di difesa. «Non erano andati a male. Altrimenti io starei…». Non riesco nemmeno a finire la frase. Perché sento il viso in fiamme e lo stomaco contorcersi, e mi butto sul cestino in plastica nell'angolo della stanza.

Al che Dee riprende a vomitare.

Mi viene in mente la storia di Sacco di Lardo e la scena del vomito in *Stand by me – Ricordo di un'estate*. Probabilmente riderei per la situazione, se non stessi così male, cazzo.

Alla fine, strisciamo a letto e restiamo sdraiati uno accanto all'altra – io ben disteso e Dee in posizione fetale.

«È tutta colpa tua», frigna lei.

«Hai ragione. Hai proprio ragione».

«Ti odio. No, cioè, non sul serio, mi piaci un sacco. Mi sento morire, Matthew».

«Non morirai. Ma io forse sì».

Anche se siamo per natura più forti delle donne, è risaputo che gli uomini soffrono dieci volte di più in caso di malattia. Chiedete a vostro marito o al vostro fidanzato.

Dee apre il cassetto del comodino per prendere qualcosa, facendo vibrare il letto.

«Cosa stai facendo?», gemo. «Smettila di muoverti». È la prima volta in vita mia che lo dico a una ragazza.

«Scrivo un biglietto a Katie per farti arrestare per omicidio colposo se dovessi morire… e anche il venditore di hot dog, per complicità».

«Che donna fredda che sei, Delores».

«Meglio che tu lo scopra adesso», ribatte lei, anche se si sposta più vicino a me. Le massaggio la schiena descrivendo dei cerchi per calmarla, poi lei si gira e mi prende la mano. E restiamo così fino a quando ci addormentiamo.

Capitolo 9

È fantastico il legame che si crea con una persona dopo aver sofferto insieme il supplizio di un'intossicazione alimentare per ventiquattr'ore. Possono volerci mesi – o persino anni – per raggiungere un tale livello di intimità. Adesso so che faccia ha Dee quando viene – e anche quando vomita.

Lunedì mattina ci sentiamo ancora sfiniti e ci diamo malati tutti e due. Facciamo la doccia separatamente e io prendo in prestito un paio di pantaloni della tuta di suo cugino. Di norma mi farei qualche problema a mettere i calzoni di qualcun altro senza mutande, ma questi stavano in fondo all'armadio di Dee, puliti e ben piegati, perciò, considerando quanto è passato dall'ultima volta che Warren li ha usati, sono a posto. E poi, l'idea di infilarmi i vestiti di ieri è rivoltante.

Delores è seduta accanto a me sul divano, con ai piedi le ciabatte a forma di coniglio poggiate sul tavolino, avvolta in una morbida vestaglia viola che su un'altra ragazza sarebbe anni luce dal sembrare sexy. Ma, sapendo che sotto c'è solo la sua pelle liscia e nuda, su di lei lo è eccome.

Accendo la TV e cerchiamo di trovare un accordo su un film da guardare. Il problema è che Delores ha una vagina, il che significa che i suoi gusti in fatto di cinema spaziano da terribili a inesistenti.

Non guardatemi storto – sto solo dicendo quello che

ogni uomo al mondo sa già. Il motivo per cui dei film di merda come *Il paziente inglese* e *Il discorso del re* vincono un Oscar? Le donne vanno su di giri per Ralph Fiennes e Colin Firth. Certo, *Braveheart* ha ricevuto un mucchio di premi strameritati, ma mica solo perché è una pellicola perfetta. Mel Gibson vi dice niente? Ho detto abbastanza.

Dee difende quegli orribili polpettoni per donne. «Mi piacciono i film sull'amicizia – sono un'iniezione di autostima. *Thelma & Louise*, *Spiagge*, *Fiori d'acciaio* – è uno dei miei preferiti. Mi immagino sempre me e Kate come Ouiser e Clairee quando saremo vecchie».

«Cos'è *Fiori d'acciaio*? Ma soprattutto, chi diavolo è *Ouiser*?».

Dee assume un'aria allo stesso tempo sorpresa e sconcertata. «Non hai mai visto *Fiori d'acciaio*? Ma sei un essere umano? È uno dei primi film di Julia Roberts».

Alzo una mano e obbietto. «No, no, non esiste che io guardi Julia Roberts! Da piccolo Drew se l'è sorbita per un anno intero e non si è ancora ripreso. Ancora oggi, dalla sua bocca escono senza controllo citazioni di *Pretty woman*. Non succederà».

«Allora cosa guardiamo?».

Faccio scorrere la lista dei film on-demand e vedo il vincitore.

«*Conan il barbaro*. La più grande storia d'amore mai raccontata».

Lei arriccia il naso. «Di norma ci starei a rifarmi gli occhi con Schwarzenegger, ma oggi non sono dell'umore. Guardiamo *Fiori d'acciaio*».

Scuoto il capo. «No. Saranno due ore della mia vita che non riavrò mai più».

Delores sposta i piedi sotto di sé e si solleva sulle ginocchia. Sul viso le compare un sorriso subdolo e persuasivo, che ho imparato a riconoscere come un segnale di quando è dell'umore per darsi da fare. Si sporge verso di me e io inclino la testa all'indietro per non interrompere il contatto visivo.

«Ti senti meglio, Matthew? Perché io mi sento molto meglio».

Faccio un rapido controllo mentale delle mie facoltà. «Sì, sto bene».

Il suo sorriso si allarga, sempre più suggestivo. «Facciamo una scommessa. Chi riesce a far venire l'altro per primo sceglie il film. Che ne dici?».

Ho capito come mai Delores riscuote così grande successo come chimica – ha una mente stupendamente innovativa.

Mi passo i denti sul labbro inferiore con aria pensierosa. «Dico che mi divertirò un sacco a vincere questa scommessa».

Lei indietreggia e, lentamente, apre la vestaglia. «Non quanto me a farti perdere».

C'è mancato poco. Se fosse stata una gara automobilistica, saremmo finiti al photo finish – una questione di secondi. Ma... ha vinto Dee. Ha scelto lei il film. Anche se non rimpiango esattamente la sconfitta. Se devi perdere una scommessa, è questo il modo di farlo.

Comunque, *Fiori d'acciaio* è cominciato ormai da un bel pezzo, e sta rafforzando la mia opinione sulle donne e sul cinema, perché in questo film non succede un cazzo di niente. Inizia con un matrimonio e adesso sembra che

Julia Roberts debba morire. Oltre a ciò? Solo un branco di tipe che parlano e vanno dal parrucchiere e parlano *ancora*.

Dee è seduta di fianco a me rapita mentre la signora del *Bandito e la "Madama"* – la madre di Julia Roberts in questo film – si mette a parlare con le amiche al cimitero. Dee ha già il naso rosso e gli occhi lucidi. Torno a concentrarmi sul film e ascolto la donna che inizia a gridare e a piangere e a chiedere come farà il nipote a sapere quanto lo amava la sua mamma.

E così, dal nulla, penso a Mackenzie e a come si sentirebbe se dovesse succedere qualcosa ad Alexandra – che Dio ce ne scampi. Chi glielo direbbe, tutte le cose che si perderebbe. Steven è un bravo ragazzo e un padre fantastico, ma una madre, soprattutto una impetuosa come Alexandra, sa dare un amore diverso. Più grande.

Insostituibile.

E anche se nell'appartamento di Dee non mi pare che ci sia della polvere, alcune particelle devono essermi entrate negli occhi. Li sfrego per togliere il prurito.

E tiro su con il naso. *Dannata allergia.*

«Stai piangendo?», mi chiede Dee in tono sorpreso, pronta a scoppiare a ridere.

Disgustato, mi volto verso di lei. «No che non sto piangendo».

Poi torno a fissare lo schermo. Dove la povera madre distrutta di Julia Roberts grida che sta bene, anche se è ovvio che non è così. E parla di tutte le cose che lei potrà fare e sua figlia invece no.

Gesù Cristo, è proprio deprimente.

«È così triste, che cazzo!», sbotto indicando il televisore. «Come fai a guardare questa merda e a non avere voglia di spararti in testa con un fucile calibro 12?».

Dee si copre la bocca con le mani e ride. «Il fatto che mi faccia piangere è uno dei motivi per cui mi piace tanto».

Okay, e allora? È come dire che mi piace il tavolo nell'ingresso dei miei perché so che ci sbatterò contro un dito del piede ogni cavolo di volta che ci passerò davanti senza scarpe.

«Perché?».

Lei fa spallucce. «A volte piangere ti fa sentire bene. È catartico. Non hai mai pianto per un film?».

Sono offeso già solo perché ha sentito il bisogno di chiedermelo.

Scuoto la testa, ma poi mi blocco. «*Rocky III*. Ho pianto durante *Rocky III*, ma non conta. Chiunque non resti senza parole quando Mickey muore è senz'anima».

Lei alza le spalle. «Mai visto».

«Mi prendi in giro. Hai mai visto *Predator*?». Dee scuote il capo. «E il primo *1997: Fuga da New York*?». Altro no. «*I guerrieri della notte*?»

«Nemmeno».

Poi mi viene in mente una cosa. «Aspetta, tuo cugino è cresciuto con te e tua madre, giusto?»

«Da quando avevo circa sei anni, sì».

«Quindi avevi un maschio in casa – com'è che non hai mai visto nessuno di questi classici?», chiedo, anche se sono abbastanza sicuro di conoscere già la risposta.

Dee fa spallucce. «Billy era contento di guardare quello che volevo io».

Come no. Ed è allora che decido di prendere sotto la

mia ala quel povero bastardo cresciuto senza un modello maschile.

Lunedì sera sto abbastanza bene per tornare nel mio appartamento. Dopo due giorni interi fuori, penserete che mi manchi – che sia felice di essere a casa. Ma sembra... tranquillo. Addirittura noioso.

Sviluppo le foto che ho scattato al parco con Delores. E intanto che aspetto nella camera oscura, ripenso all'ultima volta che ci sono stato. Con lei. Alla sua bocca umida, alle carezze della sua lingua morbida, alle sue guance incavate mentre mi succhiava fino a prosciugarmi.

Con la memoria che corre all'impazzata, reprimo a malapena l'impulso da zerbino di chiamarla e implorarla di raggiungermi. Ce la faccio, ma solo perché ci siamo già messi d'accordo per uscire insieme mercoledì sera.

Per quanto mi riguarda, mercoledì non arriverà mai abbastanza in fretta.

Mercoledì pomeriggio, mi incontro downtown con Alexandra per pranzare insieme.

Il tempo è mite, perciò prendiamo posto a un tavolo all'aperto, sul marciapiede. Stacco un morso dal mio hamburger mentre lei pilucca un'insalata con gamberi alla griglia. Poi le dico: «Allora... ho conosciuto una donna».

Crescendo con Drew, ho sempre considerato Lexi come una sorella maggiore, ma il fatto di non condividere gli stessi geni, o di non aver mai vissuto sotto lo stesso tetto, ha reso il nostro rapporto molto meno litigioso rispetto a quello che lei ha con il fratello. Lexi bada a me, ma non si comporta come una madre come fa con Drew. Si irrita per le cazzate che combino, ma non si sente responsabile. Per me, è l'unione migliore dei due mondi – tutti i vantaggi di una sorellona senza mal di testa a rompere i coglioni.

«Da quel che sento, tu e mio fratello "conoscete" molte donne».

Le rivolgo un sorrisetto. «Questa mi piace».

Lei annuisce. «Ribadisco, a te e a Drew "piacciono" un sacco di povere signore ignare. Cos'ha questa per valere la pena di parlarmene?»

«Mi piace *piace*».

Alexandra spalanca gli occhi azzurri. «Wow. Una citazione da *Blue Jeans*. Dev'essere una cosa seria, allora. Racconta».

Abbasso gli occhi sull'hamburger per l'imbarazzo. «Si chiama Delores».

«Strano».

«Lei è... diversa».

Lexi cerca di cavarmi altri dettagli. «Diversa del tipo... che ha tre seni?».

Scoppio a ridere. «No. Ma, per la cronaca, se così fosse non sarebbe un punto a suo sfavore. Lei è... forte. Mi diverto a parlare con lei, sai? Dice che le relazioni non le interessano, ma spero di farle cambiare idea. Non mi sento così da...».

Alexandra alza i palmi. «No. Non pronunciare nemmeno il nome di quella bestia schifosa. Sto cercando di mangiare».

«Comunque, non so se questa storia andrà da qualche parte, ma...».

Non ho la possibilità di finire la frase. Perché un'ondata di un liquido rosso e gelato mi investe la faccia.

Sa di ciliegia.

«Bugiardo figlio di puttana!».

Mi pulisco e mi tolgo il liquido dalle ciglia. Quando recupero la vista, vedo Delores in piedi sul marciapiede – con un bicchierone ormai vuoto di Slurpee stretto in mano.

E che mi lancia subito in testa, che cazzo.

«Tutte quelle chiacchiere sul fatto di non uscire con altra gente! Trombamici esclusivi, hai detto! Avrei gradito che fossi sincero con me! Lo *sapevo* – lo sapevo che eri solo un altro bastardo doppiogiochista a cui non piace condividere i suoi giocattolini ma che non si fa problemi a usarne diversi!».

Alexandra e io siamo scattati in piedi. E non ho idea di cosa stia succedendo.

Provo a rabbonirla: «Delores…».

Ma lei mi interrompe. «Quattro giorni! Quattro giorni fa mi hai detto che non ti interessava scoparti nessun'altra, e adesso ti trovo qua con… con…».

Lexi allunga una mano. «Alexandra Reinhart».

Lo sguardo incendiario di Dee si sposta su di lei. Ma interrompe la ramanzina mentre riflette: «Reinhart. Perché conosco questo cognome?».

Mi permette di rispondere. Finalmente. «Lei è la madre di Mackenzie».

Se osservate attentamente, riuscirete quasi a vedere la nostra precedente conservazione che si ripete negli occhi di Delores. «Mackenzie… la pseudonipotina?». Gira del tutto la testa verso di me. «Vuol dire che lei è…».

«La ragazza con cui sono cresciuto, sì. La sorella di Drew».

Subentra Alexandra. «La sorella di Drew, la moglie di Steven, la figlia di John e Anne. Mi chiamano in un sacco di modi. E tra poco farò buon uso di uno in particolare».

È in momenti come questo che ho il sospetto che Alexandra sappia del suo soprannome. E la cosa mi fa paura.

Tanta.

Alexandra tiene gli occhi fissi su Dee, ma si rivolge a me: «Capisco cosa intendevi con diversa». Poi a Delores. «Tu devi essere Delores. Matthew mi stava giusto raccontando di te. Ti direi che è un piacere conoscerti, ma ho già raggiunto il limite di cazzate per questa settimana».

Si mette a girarle intorno piano – come uno squalo che esamina una foca ferita. «Sai, Delores, mia madre mi diceva sempre che anche se un uomo non dovrebbe mai picchiare una donna, io non devo approfittarmene. Che non devo mai agire senza aspettarmi la stessa reazione che mi merito».

Dee incrocia le braccia sul petto e resta caparbiamente impettita sotto il peso dello sguardo di disapprovazione di Lexi.

«Matthew ti ha spiegato il rapporto che abbiamo. Lui per me è come un secondo fratello. E tra i due, lui è il più gentile. Tienilo a mente prima di pensare di lanciargli di nuovo in testa un bicchiere di Icee».

Dee cede solo di un poco. Abbassa gli occhi sul marciapiede e mugugna, sulla difensiva: «Era Slurpee».

Alexandra agita le dita verso di me. «Dammi la camicia e la giacca».

Tolgo la cravatta e obbedisco, restando in piedi per

strada in canottiera bianca e pantaloni grigi. Dee fa per prendere i vestiti sporchi dalle mani di Lexi. «Li porto in tintoria».

Alexandra alza gli occhi al cielo. «In tintoria non riusciranno a togliere la macchia. Per fortuna, ho un impasto fatto in casa che dovrebbe risolvere le cose». Si rivolge a me: «Puoi riprenderli sabato».

Mi appoggia le mani sulle spalle e mi bacia sulla guancia, asciugandomi con un tovagliolo della poltiglia rossa nell'orecchio. «Devo andare. Buona fortuna – ne avrai bisogno».

Prima che Alexandra se ne vada, Dee dice: «Spero di incontrarti in circostanze migliori la prossima volta».

E Alexandra ribatte: «Dubito seriamente che ci rivedremo. Matthew è dolce, non stupido». Poi prende la borsa e si incammina per strada.

Dee e io la osserviamo allontanarsi.

Quasi tra sé e sé, Dee dice: «È sempre così stronza?».

Sorrido. «È il suo mestiere». Poi mi passo una mano tra i capelli appiccicosi e duri. «Che cazzo però, Dee!».

Lei incrocia di nuovo le braccia e riprende a farfugliare: «Non ti chiederò scusa. È stato un errore naturale. Ti ho detto che non sono brava in queste cose. A quanto pare, riesco a mandare tutto a puttane anche con i trombamici. Stavo passeggiando per la pausa pranzo e quando ti ho visto non riuscivo a crederci. Cos'altro avrei dovuto pensare? Sta a te decidere se vuoi mollarmi, ma non ti dirò che mi dispiace».

Le afferro le spalle, piego la testa e le chiudo quella bocca del cavolo con un bacio profondo. Poi le dico: «Non ti mollerò. E non c'è bisogno che ti scusi».

Lo so, lo so – *che cazzo, sei andato fuori di testa, Matthew*? No, non sono matto – solo che non mi dispiace una tipa un po' passionale, che fa scintille. E un po' di possessività non è poi questa gran cosa. Inoltre, come ha già spiegato Barney Stinson, Delores è abbastanza figa da potersi permettere di essere svitata quanto vuole e io non la butterei comunque fuori dal mio letto.

Com'è ovvio, ciò non significa che gliela farò passare senza fargliela pagare. Ecco perché la stringo forte a me e sfrego la testa contro il suo viso e i suoi capelli. Le trasmetto il mio amore – e tutta la Slurpee che posso.

«Ah!», strilla lei, ridendo, e mi dà una pacca sulla schiena.

Alla fine mi stacco e dico: «Ecco. Adesso siamo pari». Le do un rapido bacio sulla guancia. «Devo andare a casa a fare la doccia». Poi mi viene un'idea stupenda. «Vuoi unirti a me?».

Lei sorride mentre si strofina la guancia appiccicosa. «Devo tornare al lavoro».

Annuisco. «Ma ci vediamo stasera?»

«Certo».

È solo mentre si allontana che noto il camice bianco da laboratorio che indossa sopra un vestito in pelle nera, collant viola e stivali alti in pelle. Grido: «Ehi, Dee?».

Lei si volta.

«Porta a casa il camice stasera. E anche un paio di occhiali di protezione, se ce li hai». Magari vi sembrerà un po' troppo presto nella nostra relazione per i giochi di ruolo. Ma vi svelo un segreto: *non è mai troppo presto per i giochi di ruolo*.

Capitolo 10

Le sere successive, io e Delores usciamo insieme. Andiamo a ballare nei locali e restiamo a casa; iniziamo un film ma ci perdiamo il finale; passiamo lunghe ore a sudare facendo sesso – del tipo che ti fa sentire sporco quando hai appena finito e che non vedi l'ora di ricominciare.

Parliamo anche, sorprendentemente. A letto o a tavola.

Sulla tavola.

Dee è una chiacchierona. Le piace condividere, spiegare. Ha anche delle... teorie, praticamente su ogni argomento immaginabile. Anche se sono tutte divertenti, alcune sono piuttosto strambe.

Prendete questa, per esempio:

«John Hughes era un gran porco sessista».

«Come fai a dirlo?»

«Prendi *Breakfast club*. Per i ragazzi ci sono cinque stereotipi – lo sportivo, il criminale, il secchione, l'insegnante stronzo e il custode figo e alla mano. E per le ragazze? Due. La reginetta di bellezza e la schizzata – a livello subliminale, dice a generazioni di adolescenti che possono essere belle o pazze, ma non tutte e due le cose. Perché alla fine, quando la tipa matta diventa bella, non è più pazza. È una cazzata. Farò una petizione al riguardo».

O questa:

«I microonde sono malefici – non ne prenderò mai uno».

«Okay».

«Il brusco aumento di malattie infantili, allergie e disturbi dello sviluppo è riconducibile al momento in cui i microonde sono entrati nelle case come elettrodomestici comuni. È un perfido abuso nei confronti dei consumatori. Ma tienitelo per te. Le lobby hanno orecchie e occhi dappertutto, e si spingerebbero ovunque pur di coprire tutto».

«Ho le labbra sigillate».

E poi c'è questa perla:

«Credi davvero che siano stati gli Egizi a costruire le piramidi?»

«Certo, è ben documentato».

«Oh, povero credulone. Come potevano spostare pietre grandi come una casa? Come potevano costruire tunnel e stanze strutturalmente stabili sotto terra senza alcuno strumento ingegneristico? O, per quel che conta, come potevano modellare e tagliare quei blocchi ad angoli precisi e identici?»

«Be'… se non sono stati gli Egizi, chi è stato?»

«Gli alieni».

«Gli alieni?»

«Ma certo. Ci sono tonnellate di prove che sono secoli che gli alieni visitano la terra – non lo diresti mai».

No, e non vorrei neanche. Quest'ultima è troppo strana – e plausibile – per me.

Sabato mattina vengo svegliato dal rumore dell'acqua della doccia che scorre. E dall'eco stridula di Delores che canta. Probabilmente *I Knew you Were Trouble* di Taylor Swift è la canzone più noiosa che sia mai stata scritta, ma la tremenda interpretazione di Dee mi fa ridere.

Non sono mai stato il tipo da sprecare una bella erezione – soprattutto al mattino – perciò prendo un preservativo dal cassetto del comodino, scivolo fuori dal letto e vado in bagno.

«...*trouble*... ah... ah...». Ha gli occhi chiusi e la testa inclinata all'indietro per sciacquare i lunghi capelli sotto il getto d'acqua. «...ah...».

Entro nel box e non perdo tempo, avventandomi sul capezzolo succulento di Dee, già teso e fiero. Lei non è sorpresa. Non strilla. Il suo "ah" stonato si trasforma in un gemito soffocato e le sue mani scivolano sulle mie scapole, tirandomi verso di lei.

Mi piace il fatto che sappia che sono io, senza bisogno di aprire gli occhi.

So che le probabilità che qualcuno *oltre* a me veneri le sue belle tette in questo posto e in questo momento sono praticamente nulle. Ma voglio dire... lei riconosce il mio tocco. I miei suoni, i miei movimenti. Ci siamo abituati – *armonizzati* – l'uno all'altra nel modo migliore possibile. So che le piace che le tiri i capelli appena prima che venga. E lei sa che mi fa impazzire guardarla giocherellare con il dito con il piercing al capezzolo oppure quando mi delinea gli addominali con la lingua.

Lei si sfrega – si contorce – contro di me, allora le lascio il seno e le divoro le labbra, attacco la bocca alla sua e infilo la lingua in quella caverna ardente. Senza interrompere il bacio, infilo il preservativo con le dita abili. Poi le cingo la vita con un braccio e la sollevo contro di me quasi senza sforzo.

Le sue gambe si spostano naturalmente intorno ai miei fianchi. Con l'uccello in mano, sposto la punta contro la sua figa e, nonostante il calore dell'acqua che scende intorno a noi, riesco a sentire quanto sia calda e impaziente.

La penetro a fondo, spingendole la schiena contro le piastrelle della parete. Lei stacca la bocca dalla mia per gemere e reclina la testa mentre io inizio a muovermi – affondi forti e deliberati che la riempiono appieno. Ansimo contro la sua guancia. Lei mi morde la spalla e mi scappa un gemito.

Mi stringe più forte con le gambe e io aumento il ritmo. Voglio andare più a fondo. Più forte. Di più.

Sempre di più.

Lei grugnisce. «Adoro il tuo uccello. È perfetto». Si sfrega contro di me, si solleva su e giù contro di me, a tempo con i movimenti dei miei fianchi. «Scopami, Matthew… scopami con il tuo cazzo perfetto».

Le sue parole mi rendono ancora più eccitato. Ancora più duro.

Sento i suoi muscoli che si agitano e iniziano a contrarsi intorno a me – sempre più stretti – rendendo ogni colpo dei miei fianchi più intenso e piacevole, da far incrociare gli occhi. Mi muovo ancora più veloce; voglio farci venire insieme.

Lei ha la schiena contro il muro e tra i nostri petti non c'è un solo centimetro, mentre io la penetro sempre più a fondo, sempre più a fondo. Poi lei mi stringe, mi tiene dentro di sé mentre viene con un mugugno acuto. E io sono con lei – grido il suo nome mentre ogni terminazione nervosa del mio corpo esplode in una frenesia estatica.

Dee mi bacia di nuovo. Un bacio più lento stavolta, quasi tenero. Non la lascio subito, ma affondo il viso nell'incavo del suo collo, soddisfatto di restare qui con lei. Tutto il giorno, se potessi.

Strofina le labbra contro il mio orecchio e sussurra: «Buongiorno».

«Direi di sì».

Mi volto, così siamo tutti e due direttamente sotto il getto d'acqua, e alla fine allento l'abbraccio e la metto giù. Con il volto solcato da ridicoli sorrisi soddisfatti, ci laviamo a vicenda con calma e poi usciamo nel bagno pieno di vapore.

Mentre mi asciugo, do un'occhiata all'orologio. «Merda, farò tardi».

Dee si strofina i capelli con la salvietta in cotone. «Tardi per cosa?».

Le rivolgo un sorrisetto. «Ho un appuntamento».

Per quanto Delores insista sul fatto di non voler fare sul serio, è ovvio che la mia frase le dà un fastidio d'inferno. Irrigidisce le spalle eleganti, solleva il mento e i suoi occhi si fanno più stretti e scuri. Cerca di fare del suo meglio per mantenere un tono di voce disinvolto.

Cerca, ma fallisce.

«Oh, un appuntamento? Che bello. Buon per te».

Le afferro i fianchi e la tiro a me, per costringerla a guardare il mio viso sorridente. «Vuoi unirti a noi?».

Lei prova a divincolarsi. «È un po' presto per una cosa a tre, non credi?».

Drizzo le orecchie. «Hai provato una cosa a tre?».

Ripensandoci, non voglio saperlo.

«Chissenefrega. Non rispondere. Anche se mi piace la piega che hanno preso i tuoi pensieri, non ti sto proponendo una cosa a tre. Ti sto chiedendo di venire allo zoo...».

«È da perversi».

Le strizzo i fianchi. «...con me e Mackenzie».

Dee assimila le mie parole. Poi sorride – un sorriso di sollievo e gratitudine. Riflette un momento. «Dici che la signora La-lavanderia-non-riuscirà-mai-a-togliere-la-macchia non farà storie se mi aggrego?».

In molte famiglie ci si immischia fin troppo negli affari gli uni degli altri. Sapete cosa intendo. Sorelle che si rifiutano di parlarsi perché una ha sposato un tizio che non piaceva all'altra. Fratelli che vengono alle mani per colpa di una fidanzata stronza e amici che si perdono di vista perché uno non ha dato ascolto a un consiglio che, tanto per cominciare, non aveva mai chiesto.

Anche se Alexandra odiasse Dee nel profondo, per rispetto nei miei confronti, non lo darebbe mai a vedere. Per mesi Drew ha cercato di dirmi che Rosaline non era la ragazza che pensavo, e anche se io non gli avevo creduto e alla fine era venuto fuori che aveva ragione lui, non me l'ha rinfacciato.

Le famiglie migliori cercano di impedire un disastro ferroviario – ma se non ci riescono, arrivano comunque per dare i primi soccorsi ai feriti.

«Sarai con me. Per lei andrà bene».

Il condominio nell'East Side dove vivono Alexandra e Steven è stupendo – credo sia stato citato su «Architectural Digest» o qualcosa del genere. Nonostante lo splendore, Lexi riesce comunque a farlo sembrare una casa, non un museo. Apre la porta a Dee e me, e ci fa entrare nell'ingresso dal pavimento in marmo splendente.

Con atteggiamento inappuntabile, Dee esordisce: «Ciao, Alexandra. Che bello rivederti».

«Delores… che sorpresa. Andrai allo zoo con Matthew e Mackenzie oggi?»

«Sì».

Lexi sorride, ma negli occhi ha un bagliore dispettoso. «Che bello. Solo una cosa: cerco di dissuadere Mackenzie dal lanciare cibo, perciò per favore, ricorda di darle il buon esempio».

Circondo Dee con un braccio. «Cercheremo di controllarci… ma non ti prometto niente».

In quel momento, nell'ingresso arriva Mackenzie in sella al suo triciclo rosso con il campanello. Gira intorno al tavolo in mogano al centro della stanza, facendo tremare il vaso ornamentale di orchidee e gigli. Mi ricorda Danny Torrance in *Shining*, anche se non è così inquietante da far rizzare i capelli.

Mackenzie parcheggia e scende dal triciclo, con indosso una salopette di jeans. «Ciao, zio Matthew!».

Mi abbraccia.

«Ehi, principessa». Inclino la testa in direzione di Delores. «Questa è la mia amica Dee. Verrà con noi allo zoo oggi, va bene?».

Mackenzie non è mai stata una bambina timida – è sicura di sé e schietta, a prescindere da chi le sta o non le sta intorno. Caratteristiche dominanti della sua famiglia.

«Ciao, Miss Dee». Il «Miss» è sicuramente opera di

Alexandra. Le ha instillato i titoli di cortesia in testa sin da quando ha cominciato a parlare.

Delores la saluta con la mano. Poi la piccola si concentra sul suo gilè di pelliccia nera. Allunga una mano e lo accarezza – come se fosse un coniglio, e le chiede: «È il tuo costume di Halloween?».

Dee porta dei pantaloni bianchi aderenti, un top dello stesso colore e delle scarpe da ginnastica nere ricoperte di brillantini come se non ci fosse un domani. Insieme al gilè, capisco come mai Mackenzie abbia pensato a un costume – da dalmata, o da zebra.

«Mackenzie, sei stata scortese», la riprende Lexi.

Ma Dee alza una mano. «No, è tutto a posto». Si accuccia per avere gli occhi alla stessa altezza di quelli di Mackenzie. «Mi piace vestirmi tutti i giorni come se fosse Halloween».

Il viso della bambina si illumina. «Che bello. Posso farlo anch'io, mamma?».

Alexandra scuote il capo. «No. Tu puoi vestirti da Frankenberry solo una volta l'anno».

E con ciò, mi passa una tracolla da uomo di una tinta neutra con tutto il necessario da tenere a portata di mano quando una bambina dell'età di Mackenzie esce di casa. E ce ne andiamo allo zoo.

Quando ero piccolo, pensavo che gli zoo fossero una merda. Prendi un orso o un leone – il re della giungla – lo rinchiudi in una gabbia di cento metri per cento, gli metti un po' di piante e ti aspetti che sia felice? Le bestie selvagge dovrebbero essere… selvagge. Crescendo, ho capito che molti degli animali venivano salvati perché erano malati o feriti e non sarebbero comunque sopravvissuti allo stato brado. Anche se si potrebbe obiettare sul fatto che la natura faccia il suo corso, adesso considero gli zoo come delle case di riposo dove leoni, tigri e orsi possono vivere i loro ultimi giorni accuditi e nutriti.

Non sarà eccitante come vivere in libertà... ma di certo è meglio che essere morti.

Dee, Mackenzie e io passiamo il pomeriggio a visitare tutte le esposizioni del Central Park Zoo: i leoni, il rettilario. A differenza di ogni altra donna che conosco, a Dee piacciono davvero i serpenti. Da bambina, per il compleanno aveva chiesto un boa constrictor, ma sua madre le aveva detto di no. Il cugino allora gliene aveva comprato uno di gomma per consolarla.

Pranziamo – con una pizza – e non degno nemmeno di un'occhiata il chiosco degli hot dog. I miei giorni a base di hot dog e chili sono finiti.

Dee compra a Mackenzie un palloncino a forma di orso polare e cominciano una lunga discussone su quanti ne servirebbero per volare, come nel film *Up*. Conoscendo i gas come l'elio, Dee è riuscita persino a definire il numero con la calcolatrice e Mackenzie è rimasta davvero impressionata.

Spero solo che non le vengano strane idee.

Adesso, mangiamo popcorn e osserviamo i pinguini. E Mackenzie chiede, a nessuno in particolare: «Lo sapevi che i pinguini femmina tengono i pinguini maschi per le palle?».

Dee si ingozza con un popcorn.

Mackenzie non se ne accorge. «Lo zio Drew dice che le femmine possono scegliersi tutti i maschi che vogliono

– devono ballare per loro. Poi il pinguino maschio deve portarsi l'uovo sui suoi piedi per tanto tempo».

«Piuttosto scaltre le pinguine», commenta Delores. E Mackenzie annuisce vigorosamente.

Poi passiamo alle scimmie. Non so di che razza siano, ma sono piccole palle di pelo bianco capaci solo di starsene sedute immobili mentre cercano di montarsi a vicenda. Delores ride e Mackenzie dice: «Litigano un sacco».

Ridacchio anch'io. E dico a voce bassa nell'orecchio di Dee: «Questi maschietti arrapati mi stanno dando delle idee. Dovremmo andarcene prima che mi metta in imbarazzo».

Avendo un udito fino come quello di un cane, ovviamente la piccola mi chiede: «Zio Matthew, cosa vuol dire "arrapato"?».

Mi salvo in fretta. «Eccitato».

Lei annuisce... e incamera l'informazione nella sua mente adorabile e imprevedibile.

Scendiamo tutti e tre dal taxi davanti a casa di Alexandra e Steven. Tengo Mackenzie mezzo addormentata sulla mia spalla. Dee porta il palloncino e la borsa della bambina, e una decina di regalini che non potevo non comprarle. Alexandra ci fa entrare e Mackenzie si raddrizza, sfregando gli occhi per svegliarsi. La metto a terra e lei ci abbraccia entrambi, ringraziandoci senza bisogno di dirle niente.

Alexandra la informa: «C'è un pacco sul tuo letto, è arrivato mentre eri fuori. Credo sia la bambola che la nonna ti ha comprato per il compleanno, quella che era rimasta in arretrato».

La bocca della bambina delinea una piccola O e lei è tutta in fermento per l'eccitazione. «La stavo aspettando! Sono così arrapata!».

Poi sgambetta via a tutta velocità, verso la sua stanza.

Alexandra si gira con occhi minacciosi verso Dee e me. «Potete spiegarmelo?».

Mi gratto la nuca... e poi passo la patata bollente a Steven. «Dovresti proprio parlare a tuo marito. Deve stare attento al linguaggio che usa quando Mackenzie è nei paraggi».

Mi farò perdonare da lui, giuro.

Dee si unisce a me. «Sì. I bambini sono come spugne. Assorbono tutto quello che li circonda».

A giudicare dall'espressione sul viso di Lexi, non ci sta cascando nemmeno un po'.

«Dobbiamo andare», mi dice Delores.

«Sì, giusto». Sbadiglio. «Gli anfibi mi hanno proprio sfinito. Ciao, Lexi».

«Ciao, Alexandra», dice Dee.

Poi corriamo via.

Capitolo 11

Quella stessa notte, mi risparmio il giro delle discoteche con gli amici. Dee e io ordiniamo cibo cinese da asporto e passiamo la sera a scopare come conigli in ogni stanza del mio appartamento.

Non riuscirò mai più a guardare il tavolo da biliardo come prima. Poi andiamo a letto e lì crollo addormentato… finché un fruscio di abiti e un rumore di passi mi svegliano nel cuore della notte. Spalanco gli occhi e non vedo più Dee accanto a me: è in giro per la stanza che cerca i suoi vestiti e, una volta trovati, se li infila in tutta fretta.

«Dee, stai bene?».

Ha una voce sveglia e tesa. «Sì, sto bene. Torna a dormire, Matthew».

Con gli occhi impastati, guardo la sveglia: sono le tre del mattino. «Che cosa stai facendo?»

«Vado a casa».

Cerco di tirarmi su per mettermi seduto e di schiarirmi la mente. «Perché?»

«Perché io vivo lì, ricordi?».

Non ho idea di cosa l'abbia resa così irritabile mentre dormivo, ma sono troppo stanco per mettermi a discutere. Scosto le coperte. «Va bene. Dammi un minuto e ti accompagno».

Lei cerca qualcosa per terra e poi recupera la borsa in un angolo. «Non ti preoccupare. Prenderò un taxi».

Mi rendo conto di avere poco tempo, così mi infilo un paio di pantaloni della tuta e la maglietta che era volata sul comodino quando me l'ero sfilata. «E allora ti accompagno in taxi».

Delores si ferma e mi lancia un'occhiata severa. «Potrebbe sembrarti incredibile, ma sono capace di andare a casa da sola, grazie tante».

«Maledizione, sono le tre del mattino, Delores».

Fa spallucce. «Questo non mi sembra un quartiere pericoloso».

«È Manhattan, *qualunque* quartiere può essere pericoloso».

Non controbatte. E non mi aspetta. Afferro le snakers e a malapena ricordo di prendere le chiavi per correrle dietro. Del tutto sveglio ormai, mi infilo le scarpe mentre sono in ascensore.

«Dunque, sei incazzata con me per qualche ragione in particolare, oppure è più una reazione del tipo "tutti gli uomini fanno schifo"?».

Incrocia le braccia al petto. «Non sono incazzata».

Tradotto? Sei uno stronzo, ma devi capire da solo il motivo, perché io non te lo dirò.

Usciamo dal portone. Saluto con la mano il portiere e chiamo un taxi. Dee procede spedita, in silenzio. Cerco di evitare il suo sguardo – il modo più rapido di essere attaccati alla gola da un cane rabbioso è guardarlo dritto negli occhi.

Si siede, rigida – non sembra proprio arrabbiata, piuttosto ansiosa – come un animale messo all'angolo che cerca una via di fuga.

Quando arriviamo al suo palazzo, Dee scende ancora

prima che il taxi si fermi del tutto. Chiedo all'autista di aspettarmi e la seguo.

Non appena infila la chiave nella toppa, metto la mia mano sulla sua. «Per favore, potresti darmi un indizio per capire cosa ti succede? Perché mi sento… spaesato, Dee».

Fissa le nostre mani, poi mi guarda e sospira. «È solo che… stai andando troppo veloce per me».

Mi appoggio con la spalla al muro. «Se vuoi che rallenti, non devi fare altro che dirmelo. Difficile, facile, veloce, piano; voglio soltanto che ti piaccia».

«Non essere gentile, Matthew».

Non capisco.

Agita le mani per farsi aria, come se fosse sull'orlo di un attacco di panico. «Mi sono svegliata nel tuo letto e… è troppo. Mi sento soffocare. Mi serve… spazio».

Spazio.

Okay.

Questo è un concetto esclusivamente femminile. La distanza non porta un uomo a innamorarsi di più, è soltanto un'ulteriore opportunità di trovare qualcun'altra dentro cui infilarlo. Quando un uomo è davvero innamorato di una donna, si sente come con le partite di football la domenica: più ce n'è, meglio è.

Però riesco a capire quello che Delores sta cercando di dirmi.

Appena una settimana fa era un semplice incontro occasionale, ma poi è diventato tutt'altro. Sono stati giorni intensi. Ci siamo frequentati molto. E, ovviamente, la cosa l'ha spaventata.

Quando ci si abitua a uscire con la stessa persona, è

difficile ricordare com'era la tua vita prima… o come potrebbe essere dopo.

Malgrado il tempo passato con Dee sia stato piacevole, non voglio che diventi una dipendenza. La disperazione è come un odore di cui è impossibile liberarsi una volta che ti si è attaccato addosso.

«Hai bisogno di spazio, certo, ti capisco».

Apre la porta ed entra. Poi si gira e mi rivolge un sorriso falso. «Ti… chiamo».

Annuisco.

Dopodiché mi sbatte la porta in faccia.

Non telefona.

Né il giorno successivo. Né il lunedì. E nemmeno tre giorni dopo. Non ho passato il tempo a controllare il telefono ogni cinque minuti o roba del genere… ma devo ammettere che l'ho sempre tenuto carico.

Delores mi ha dato il ben servito. Proprio… fantastico, cazzo!

Sì, ho scaricato qualche ragazza in passato – ragazze carine che non sono riuscite a tenere vivo il mio interesse… Ma sì, questa è la prima volta che mi trovo dall'altra parte della barricata.

E no, non mi piace affatto.

Dovrei dimenticarmi di lei. Ci sono tante altre ragazze lì fuori che aspettano solo me. Dovrei tirarmi su e andare avanti. Anche andare indietro potrebbe essere divertente.

Dovrei… ma non voglio. Non soltanto perché lei è bellissima, selvaggia e perché quelle tette sono la materia di cui sono fatti i sogni erotici. Ben più di tutto questo: Dee è una donna interessante. Affascinante. Diversa da tutte le altre ragazze con cui sono uscito. Il modo di ragionare, in cui scherza, mi sfida – potrei parlare per giornate intere con Delores, senza annoiarmi.

Mi fa pensare, mi fa ridere... mi fa eccitare.

E proprio come un talent scout di baseball che tiene d'occhio un giocatore di una squadra minore e riesce a vedere in lui le potenzialità del campione, sono sicuro che io e Dee potremmo stare benissimo insieme. Entrare nella leggenda. Ogni volta che sto con lei, vedo il grande potenziale che abbiamo come coppia. Ecco cosa riconduce i miei pensieri – e le mie fantasie – sempre su di lei. Perché con un po' di tempo e un minimo di sforzo, potremmo goderci una dolce ricompensa.

Il martedì sera, prendo il toro per le corna, o meglio, la stronza per le orecchie.

Salto la palestra e mi metto a piantonare il palazzo di Delores, determinato a braccarla quando tornerà a casa dal lavoro.

Sta venendo verso di me proprio in questo momento: scarpe aperte sul davanti con tacco alto e falcata decisa, camicia bianca morbida che fluttua a ogni movimento delle braccia, e gonna verde pitonata. Le corro incontro. Non appena mi vede alza il mento con determinazione, senza rallentare.

«Ehi, sconosciuta».

«Ciao, Matthew».

Cammino vicino a lei. «Come te la passi?»

«Indaffarata».

«Troppo indaffarata per fare una telefonata, eh?»

«Qualcuno chiami un esorcista, sei posseduto da mia madre».

Le afferro il gomito e la costringo a fermarsi. Sulle prime è infastidita, ma quando i nostri sguardi si incrociano, la sento. Elettricità. Emozione. I suoi occhi danzano sul mio viso, assorbendo ogni dettaglio. E il senso di sollievo che provo per averla rivista – dopo giorni sprofondato in miseri ricordi – si rispecchia nel suo sguardo.

«Non sono quello lì, Dee».

«Chi?»

«Quel coglione che ti ha fatto diventare una pronta a scappare. Scappare di fronte alla possibilità di una relazione, di provare davvero qualcosa... volere qualcuno... nella maniera in cui so che mi desideri».

Incrocia le braccia al petto. «Non devi essere uno che vola spesso. Il limite di peso per i bagagli è venti chili. La tua testa enorme deve pesarne almeno cinquanta».

Dipende dalla testa a cui sta facendo riferimento.

Sorrido. «Molto divertente».

Distoglie lo sguardo, osserva le macchine che passano. E quando inizia a parlare assume un tono cupo. Un misto di tristezza e paura. «Non è stata una persona, Matthew... ma diverse. Ci sono già passata. Non c'è ragione di assistere a una tragedia quando conosci già il finale».

Le tocco il viso, accarezzando la calda pelle morbida della sua guancia con il pollice. «Ma io non sono come loro».

«Dicono tutti così, e io ci casco sempre. Ma poi la verità viene fuori, e l'uomo a cui tenevo, l'uomo che pensavo di conoscere, si rivela un perdente, o uno che si prende gioco di me, o uno sposato, o un vero e proprio figlio di puttana».

Le sue parole mi feriscono, e sento che mi si stringe il

cuore. Mi ha colpito. E una parte di me vorrebbe dare una lezione a tutti quegli idioti, spaccargli la faccia per quanto sono stati stupidi.

Mi chino su di lei e le do un bacio sul collo. Voglio distrarla, farle dimenticare i suoi dubbi e le paure, e tutti quegli stronzi che ha incontrato nella vita. Per essere l'unico a darle delle emozioni, l'unico di cui si ricorderà.

«Esci con me stasera, Delores. Un'altra volta ancora. Anche se sarà l'ultima».

Vuole dirmi di sì; glielo leggo negli occhi, nel modo in cui si gira verso di me e, quasi senza volerlo, mi appoggia una mano sul braccio. Ma la sua risposta è: «Non lo so…».

Le bacio un orecchio e le sussurro: «Dammi un'altra notte e dopo, se vuoi, non ti disturberò più».

Gira la testa e mi passa un dito lungo la mascella. «È difficile dirti di no».

«È un dono di natura».

Sospira. «E va bene, ancora una notte. Ma i locali saranno vuoti».

Sorrido e la prendo per mano, mentre iniziamo a camminare verso il suo appartamento. «Non andremo in un locale». I miei occhi si soffermano sulle sue gambe lisce e nude. «E sarebbe meglio che mettessi un paio di pantaloni».

Fa un'espressione incuriosita. «Dove andiamo?»

«È una sorpresa», rispondo, facendole l'occhiolino.

Se qualcuno di voi spera già che sposi la propria figlia, impazzirà letteralmente quando leggerà quello che viene dopo.

Fermo la moto nel parcheggio quasi deserto. Metto il cavalletto con un piede e salto giù. Delores si toglie il casco per vedere meglio l'insegna luminosa.

PISTA DI PATTINAGGIO

Siamo a Newark, la parte bella. Questo perché, proprio come succede per i drive-in, le piste di pattinaggio stanno scomparendo a gran velocità, non ce ne sono più a Manhattan e ne sono rimaste soltanto alcune a Jersey. Ho fatto qualche ricerca su Google, pensando, per via delle foto che c'erano nell'appartamento di Delores, che questa sarebbe stata il tipo di serata che potesse metterla di buonumore.

Che dopo la parte erotica, è la cosa a cui tengo di più.

Come al solito, non mi sono sbagliato. Dee ha un sorriso radioso mentre scende dalla moto. Batte le mani e saltella. «Oh, mio dio, è fantastico! Non pattino da… neanche lo ricordo!».

Sembrerà da scemi, ma guardare Delores che sorride sta diventando una delle cose che preferisco. Escogitare dei modi per renderla felice potrebbe diventare il mio nuovo passatempo.

«Sai pattinare?», mi domanda, mentre ci dirigiamo verso l'edificio.

Crescendo, io e i miei amici non abbiamo pattinato più tanto. Ma sono sicuro di riuscire a mantenere l'equilibrio.

«Una volta sì, quando avevo tipo nove anni».

Mi afferra per un braccio. «È come andare in bicicletta, una volta imparato non lo scordi più». Ammicca. «E poi so fare delle bellissime piroette».

Ridacchio. «Immagino».

Dentro, il posto odora di gomma, cera per pavimenti e tappeti ammuffiti. Dopo aver affittato i pattini, ce li mettiamo e ci dirigiamo verso la pista.

E subito finisco con il culo per terra. Di brutto.

Ma rimango imperturbabile.

Dee, in piedi vicino a me, ride e mi tende la mano. Io la afferro e la trascino per terra con me. Sopra di me. Le copro il sorriso con un bacio e le mordo il labbro come punizione. Ma non appena le cose iniziano ad andare per il verso giusto, un ragazzo con la faccia brufolosa e una divisa da arbitro bianca e nera arriva pattinando a pochi centimetri da noi e si ferma.

«Ehm... non potete... Questo è un luogo per famiglie... Non potete fare certe cose, qui».

Sorrido. «Chiedo scusa». Delores nasconde il sorriso con la mano.

Mi tiro su appoggiandomi al muro e ricomincio a pattinare. Già dal secondo giro mi sento più stabile, così attraversiamo la pista pattinando vicini. Ci sono poche persone e la maggior parte di loro sembra avere meno di dieci anni. «Credo che siamo i più vecchi qui dentro», dico a Dee.

«No. Guarda quelli». Indica una coppia di sudamericani che a occhio e croce non hanno meno di ottant'anni. Si tengono per mano, mentre pattinano in perfetta sincronia. «Non sono dolci? Vorrei essere così quando diventerò vecchia».

Sembrano... felici. Stanchi, un po' provati dagli anni, ma perfettamente a loro agio insieme. Deve essere gratificante stare con qualcuno che ti conosce da sempre e che, alla fine di una giornata, ha ancora voglia di venire a pattinare con te.

«Dev'essere bello stare così da vecchi. Ma essere Hugh Hefner dev'essere ancora più bello».

Dee butta la testa all'indietro e scoppia a ridere. Poi mi dà ragione.

Più tardi, Dolores fa una pausa, seduta su una panchina, e io vado a prendere qualcosa da bere al bar. Mentre torno indietro a fatica, un ragazzino con un sorrisetto astuto e un berretto da baseball girato al contrario sulla testa pattina verso Dee. Fisicamente sembra sui dodici anni, ma ha un atteggiamento da ragazzo più grande. Parla come Joey Tribbiani: «Ehi, piccola, come te la passi?».

Dee sorride. «Tutto bene, grazie».

«Che ne pensi se ci facciamo una pattinata di coppia?».

Li raggiungo, allungo il bicchiere a Dolores e poi rispondo per lei: «Pattino io in coppia con lei, bambino. Caso chiuso».

I suoi occhi piccoli, da teppista, mi squadrano. Poi dice a Dee: «Quando ti stanchi del pezzo di manzo e hai voglia di un po' di vitello, vieni da me, sarò lì giù». Con il pollice indica le slot machine allineate contro il muro e si allontana.

«Chi diavolo era?».

Delores sorride. «Era la copia *esatta* di come ti immagino da bambino».

Io alzo le spalle. «Mi somiglia. Ma io ero meno antipatico, e molto più affascinante».

«O magari eri soltanto convinto di esserlo», mi risponde, prima di prendere un sorso della sua bibita.

A un tratto la voce del DJ tuona dagli altoparlanti: «Il prossimo giro è soltanto per le coppie… e abbiamo una dedica».

Aspetto e guardo come reagisce.

«*All I Want Is You* degli U2, da Matthew per Dee».

Spalanca gli occhi e si morde il labbro inferiore in preda all'emozione e al desiderio. Non se lo sarebbe mai aspettato.

Mi alzo e le porgo la mano.

Dee scuote piano la testa e mi sorride. «Hai appena esaudito tutti i miei desideri di quando avevo tredici anni».

Si alza e mi bacia con dolcezza, poi mi prende per mano e torniamo verso la pista. Grazie a dio questa volta non cado. Le luci si abbassano e rimangono solo i piccoli fasci multicolore che ci volteggiano intorno. La voce di Bono Vox risuona dagli altoparlanti, mentre io e Dee ci sorridiamo e pattiniamo. Tutto è infantile e ridicolo, sciocco e stupido.

E dannatamente più perfetto di quanto avrei mai potuto immaginare.

Tornando in città, ci fermiamo a un semaforo rosso. So che Delores si è divertita stasera, e sono quasi sicuro che non avrà problemi a passare la notte da me.

Ma… voglio che sia lei a dirmelo.

Alle donne piace essere inseguite, vogliono farsi desiderare, sentirsi indispensabili, apprezzate. E agli uomini come me piace inseguire, ma soltanto se la preda è raggiungibile. Voglio che Delores confessi, che ammetta, di essere cotta quanto me. Che lo vuole quanto lo voglio io.

Mi rigiro sul sedile in modo da poter vedere il suo viso. «Vuoi chiuderla qui… oppure vuoi rimanere con me?».

La mia domanda ha due significati. Così, quando si acciglia, mi rendo conto che ha capito esattamente che cosa le ho chiesto.

«Dimmi che sei così», mi ordina con dolcezza. «Dimmi che… è tutto vero».

«Non c'è nulla di più vero, Dee».

«Cavolo…», mormora tra sé. Poi mi abbraccia forte. «Voglio stare con te».

Sorrido di sollievo e piacere. Metto in moto e la porto a casa.

Capitolo 12

Il venerdì sera c'è una mostra d'arte, in una delle gallerie che mi piacciono di più: l'Agora. Per l'alta società newyorkese apprezzare l'arte è come essere nella squadra delle cheerleader al liceo. Spesso, questa passione ha poco a che fare con l'arte o lo sport in sé: si tratta più che altro di uno status symbol.

Ma a me piace davvero l'arte: i bei quadri, le sculture interessanti. Anche se potrei fare benissimo a meno di certe performance contemporanee – pisciare in un vaso e definirla arte non è affatto la mia idea di talento artistico.

Mi presento da Dee alle sette, ma lascio la moto a casa, perché Delores mi ha detto di aver messo un vestito, quindi preferirà di certo prendere un taxi per andare alla galleria.

E che vestito. Quando apre la porta, rimango a guardarla a bocca aperta – ci manca poco che cominci a sbavare.

È smanicato e corto e mette in risalto le sue lunghe gambe toniche.

La stoffa a pois blu e verde accesi le copre il seno prosperoso e la metà inferiore del corpo. Ma la pancia e il décolleté si intravedono sotto il tessuto trasparente nero. Non avevo mai visto un abito così: è la definizione stessa del sexy.

Finalmente chiudo la bocca e le porgo il grande fascio di rose rosse che le ho portato.

Perché, sì, sono proprio galante.

Dee è riconoscente. Tiene le rose con una mano e passa l'altra sul bavero del mio vestito antracite, lungo l'addome e giù fino al cavallo dei pantaloni.

Non me lo aspettavo, ma fa sempre piacere.

«Sono bellissime. Grazie», mi sussurra, mentre continua ad accarezzarmi, per poi baciarmi con le labbra che sanno di fragola.

Quando si scosta le mormoro: «L'arte inestimabile non sembra più tanto interessante. Potremmo restare a casa, che ne dici?»

«Oh, no. Questo vestito merita di essere mostrato. E... tu sei troppo sexy in abito per rimanere chiuso in casa».

Non posso proprio darle torto.

A differenza delle mostre allestite nei grandi musei come il Metropolitan, quelle organizzate per eventi privati sono più piccole e intime.

Sebbene siano aperte al pubblico, di solito soltanto quelli che sono davvero interessati all'acquisto ci vanno, e il vino con gli antipasti, serviti da camerieri in guanti bianchi, sono scelti appositamente per incontrare i gusti costosi dei mecenati.

Entrambi sorseggiamo un bicchiere di vino bianco mentre guardiamo le fotografie e i dipinti appesi alle pareti. Il pavimento della galleria è di legno naturale, le pareti di un bianco accecante e le luci sono posizionate ad hoc per risaltare ogni opera. Gli ospiti riempiono le sale labirintiche, mentre si scambiano pareri sulle opere in tono sommesso e pretenzioso. Delores e io siamo soli in una stanza un po' appartata, alle cui pareti sono esposte tele di varie dimensioni dipinte con colori vibranti e dei soggetti più svariati.

«Quale ti piace di più?», le chiedo.

«Perché? Vuoi comprarne uno?».

I prezzi non sono esposti, ma so per esperienza che alcuni di questi pezzi con ogni probabilità costeranno decine di migliaia di dollari.

«Ci stavo pensando».

Ma non è per questo che l'ho chiesto.

O gusti artistici sono molto personali, quasi inconsci. È un po' come il discorso boxer/slip/niente per un uomo – l'arte dice moltissimo sul tipo di persona che sei.

Dee fa un giro lungo il perimetro della sala e si ferma di fronte a una tela che rappresenta un casale bianco in cima a una collina e un cielo acceso di rosso e arancione all'orizzonte.

«A Katie piacerebbe questo».

«In che senso?».

Inclina la testa. «È molto nitido, tranquillo e rassicurante. Ma il cielo... mostra anche un lato selvaggio».

Indico un pezzo sul muro adiacente. «A Drew piacerebbe quest'altro».

Lo guarda. «Perché rappresenta una donna nuda?».

Mi metto a ridere. «Sì. E... perché non cerca di essere qualcosa che non è. Non è il disegno di un fiore che in realtà rappresenta una vagina. Che piaccia o no, è quello che vedi. Drew è un appassionato dell'approccio diretto».

«Tu quale preferisci?», mi domanda.

Indico automaticamente un Jackson Pollock non in vendita. È un tripudio di schizzi e spirali di colori su sfondo nero. Dee si avvicina al quadro per osservarlo attentamente, e io le spiego: «Non mi stanco mai di guardarlo, ci vedo qualcosa di nuovo ogni volta». Mi volto verso di lei. «E questo mi porta alla domanda che ti ho fatto all'inizio: quale preferisci?».

Apre la sua borsetta verde e prende il cellulare. Sfoglia le immagini e mi porge il telefono.

«Ecco il mio preferito».

Guardo lo schermo. «È la tavola periodica degli elementi».

Fa spallucce. «Secondo me è un capolavoro. Armonico. Perfettamente organizzato. Affidabile».

«Ma alcuni di quegli elementi non sono instabili?».

Sorride. «Certo, ma la tavola ti dice quali sono. Senza sorprese. Senza delusioni».

E questo è l'esempio perfetto che mostra chi sia Delores: una chimica patita per l'affidabilità di giorno e una festaiola vestita di lustrini di notte. Vuole l'emozione, la spontaneità, ma una parte di lei – quella che è stata presa in giro troppe volte in passato – più di tutto cerca l'affidabilità. L'onestà. La verità.

Voglio darle tutte queste cose. Voglio essere per lei le montagne russe e la giostrina per bambini, il suo avventuriero e il suo guardiano. Il suo impressionista e la sua tavola periodica.

Appena l'evento si avvia verso la conclusione, la maggior parte degli invitati si accalca nella grande sala principale.

Mentre Dee va in bagno, rimango a guardare una scultura gigante in un angolo, cercando di capire cosa possa rappresentare – una caverna senza uscita o un mostro abominevole.

Non ho fatto caso alla persona che si è avvicinata finché non ha iniziato a parlare.

«Pensavo di comprare questo pezzo per la mia stanza della musica. Emana una grande forza ispiratrice, non credi?».

È Rosaline. È tutta in tiro, con un vestito beige senza spalline e i capelli neri raccolti sopra la testa, – neanche un dettaglio fuori posto.

E mi sorride... come un ragno a una mosca.

«Piuttosto direi che ispira confusione. Sembra che neanche lui sappia cosa sia».

«Forse perché vuole essere qualunque cosa tu desideri».

Il tono della sua voce, lo sguardo brioso: sono sicuro che sta cercando di sedurmi.

«Ti diletti ancora con la fotografia, Matthew?»

«Sì».

Accenna un sorriso. «Ti ricordi quella volta che siamo andati a Breezy Point e abbiamo bevuto troppo Chablis? La tua macchina fotografica ha lavorato parecchio quel giorno».

Ricordo bene quel giorno. Eravamo giovani, spensierati e ci ubriacavamo di vino a buon mercato e di noi. Ma non ho bei ricordi dei momenti passati con Rosaline. Se prendi un barattolo di vernice bianca e aggiungi una sola goccia di nero, avrai contaminato tutta la tinta. Diventerà grigia.

I ricordi che dovrebbero significare di più – gli occhi che brillano alla primo amore – mi danno soltanto il voltastomaco. Perché ogni carezza, ogni parola o bacio... nessuna di quelle cose vissute era vera.

Prima che io riesca a rispondere, Delores è di nuovo accanto a me e mi afferra il braccio. «Ci sono quadri anche in bagno! Come credi che si sentano gli autori? I loro lavori sono esposti in una galleria rinomata e rimessa a nuovo... ma al cesso».

Soltanto per un secondo, l'espressione di Rosaline si fa acida.

Poi, da brava attrice qual è, maschera tutto con la cortesia. «Be'... salve. Mi chiamo Rosaline Du Bois Carrington Wolfe. E lei chi è?»

«Io sono Dee».

«Dee, e poi?».

Si tira indietro i capelli, come una bomba sexy degli anni Quaranta, e risponde: «Soltanto Dee».

«Lei e Matthew... lavorate insieme?».

Dee scoppia a ridere. «Ho l'aspetto di una bancaria?»

«No... non direi». Esamina il vestito di Dee e la sua voce assume quel tono da stronzetta passivo-aggressiva che non riesco a sopportare in una donna. «Il suo vestito è un po' troppo... audace... per una che lavora in banca. Non tutte le donne riuscirebbero a essere così... coraggiose... da indossare una cosa tanto *singolare*».

Delores sorride con dolcezza, ma in realtà è un sorriso mordace. «È carino da parte sua avermelo detto. E il *suo* vestito è molto... beige».

Rosaline accarezza il tessuto del suo abito con modestia. «Be', sa come si dice, meno si mostra, più si ha».

Dee la guarda dritta negli occhi. «E a volte meno si mostra... e meno si ha».

Abbandona la schermaglia e si rivolge a me: «Adoro questa canzone. Ti va di ballare?».

Per tutta la sera c'è stata soltanto musica strumentale. La canzone che piace a Dee è una versione jazz di *Unforgettable* di Nat King Cole.

Rosaline ride con scherno. «Cara, questa è soltanto musica di sottofondo. Nessuno la balla davvero».

Delores fa spallucce. «La vita è breve e io non perdo mai l'occasione per ballare una canzone che mi piace. Matthew, che ne dici?».

Le prendo la mano e la bacio con delicatezza, sono così orgoglioso di lei in questo momento.

«Dico che con te ballerei ovunque».

La porto verso il centro della sala, e mentre le passiamo davanti a Rosaline, Dee sussurra, facendole il verso: «Piacere di averti conosciuta, *caaava*».

La prendo tra le braccia e iniziamo un fox-trot tranquillo. Dee sta al passo senza fatica. «Accidenti, sembri Fred Astaire. Non pensavo sapessi ballare così bene».

«Sono molto portato».

Sorride. «Credimi, lo so». Guarda in direzione di Rosaline. «Dunque… possibile che tutte le donne che mi presenti siano così stronze?».

Penso sia finita la lista. «No, quella era l'ultima».

«È un'ex fidanzata o roba del genere?».

A nessun uomo piace raccontare la storia di come sia stato soggiogato e abbia fatto la figura dell'idiota. È imbarazzante e di solito scegliamo di dimenticare tutto e rimpiazzarlo con ricordi di conquiste, vittorie e notti passate a scopare.

«"O roba del genere". Perché me lo chiedi?»

«Sembrava volesse tagliarmi la gola con lo sguardo».

Con una certa abilità, riesco a girare, oscurando la visione di Rosaline.

Ma Dee non si arrende. «È molto bella, sembra una modella di Victoria's Secret».

«Piccola, quella lì ti fa un baffo».

Improvvisamente si ferma. Resta immobile. E il suo viso, il suo meraviglioso viso, è un misto di dolore e dubbio... con una traccia di risentimento.

«Non fare così».

«Così come?»

«Non mi parlare come a una ragazza che hai appena conosciuto in un bar. Dimmi che la odi, oppure che la vorresti uccidere, in entrambi i casi ti appoggerei. Qualunque cosa tu dica, dilla soltanto se... ci credi. Sii te stesso con me... sii vero».

Ha ragione. Ha ragione da vendere. I riflessi sono una reazione fisica non dettata dal cervello. Si hanno e basta – senza pensare né riflettere. L'insicurezza non è un tratto caratteriale che sono abituato a vedere in Dee. E, poco ma sicuro, non ho nessuna intenzione di continuare a parlare di Rosaline, quindi ho detto la prima cosa che mi è venuta in mente. Senza pensare.

Senza voler intendere niente in particolare.

Merita una risposta migliore.

«Mi... mi dispiace». La attiro di nuovo a me e ricominciamo a ballare, più piano.

Dee appoggia la guancia contro la mia, le bacio l'orecchio prima di sussurrarle: «Quello che volevo dire è che lei, sì, è bellissima, ma soltanto fuori. Tu, invece... tu sei come un diamante. Chiara... senza ombre... trasparente».

Gira la testa per guardarmi. È di nuovo sorridente. E io mi sento padrone del mondo.

«Questa risposta mi piace di più».

Le accarezzo il braccio, la spalla, i capelli fino alla nuca. Poi la bacio delicatamente. Con dolcezza. Le sua labbra, la sua lingua. È umido e meraviglioso, quel tipo di bacio che ti fa dimenticare di essere in un luogo pubblico – o se anche te ne ricordi non te ne frega nulla.

Quando la musica finisce, Delores si scosta e si lecca le labbra. «Usciamo di qui».

«Ottima idea».

Appena torniamo nel mio appartamento, Delores si toglie le scarpe lanciandole e si dirige verso lo stereo.

«Vuoi un po' di vino?», le chiedo.

Mi guarda con occhi carichi di desiderio. «Non è il vino che voglio».

Mentre gioca con i pulsanti, mi avvicino e le bacio il collo, facendo scorrere le dita lungo i fianchi. Gli altoparlanti diffondono *Demons* degli Imagine Dragons. Dee pigia il pulsante "repeat" e spinge il sedere verso di me.

«Mi piace questa canzone», dice.

«Mi piace questo vestito».

Si volta per mettersi di fronte a me, il suo respiro mi solletica l'orecchio mentre sussurra: «Quello che c'è dentro ti piacerà ancora di più».

Mi toglie la giacca e la butta a terra. La bacio, e lei intanto mi sfila la camicia con sorprendente rapidità. Le sue dita scivolano sul mio petto mentre mi spinge indietro, verso il divano. Mi siedo, in attesa che anche lei mi raggiunga.

Invece no. Rimane in piedi.

E il fuoco nei suoi occhi – la brama – mi fa battere forte il cuore. Prende la macchina fotografica dal tavolinetto, si accovaccia tra le mie gambe e me la porge.

«Fotografami, Matthew».

Ho il respiro affannoso, quasi un grugnito. E sento il pene già pulsare dalla smania di guardarla, di toccarla e, sì, di fotografarla.

In qualche modo, ogni uomo desidera essere una pornostar. Voglio dire, seriamente, riuscite a immaginare una maniera più eccitante per guadagnarsi da vivere? Disneyland sarà pure il posto più divertente al mondo, ma gli studi cinematografici di Silicone Valley a San Fernando sono quello in cui i desideri degli uomini diventano realtà. I filmini pornografici amatoriali e le foto erotiche permettono agli uomini – e alle donne – di assaporare quella fantasia. Per rivivere e ricordare le esperienze più eccitanti di tutta la vita.

Se vi sembra troppo audace per i vostri gusti, vi conviene saltare questa parte.

Dee mi sorride quando prendo la macchina fotografica dalle sue mani. Controllo due volte il rullino e le batterie, mentre lei sta in piedi e muove i fianchi a tempo di musica. Chiude gli occhi e dondola la testa, con i boccoli biondo ramato che le fluttuano intorno.

Sembra così... libera. Così meravigliosamente sfrenata.

Mi toglie il fiato.

Scatto con mani avide. *Clic*, *clic*, *clic*, l'otturatore si chiude e si apre più volte.

Porta le braccia indietro e la stoffa sulle tette si tende, poi abbassa la lampo del vestito. Senza fretta, fa scivolare il vestito lungo il corpo. Ha un reggiseno nero trasparente senza spalline con inserti blu e un perizoma coordinato. I suoi seni sono sodi, alti e… perfettamente visibili sotto la stoffa vedo-non-vedo – compreso il particolare che preferisco: il brillantino luccicante del piercing sul capezzolo.

Lascia cadere a terra il vestito e si gira, volteggiando. Mi lecco le labbra secche, rimetto a fuoco l'obiettivo e scatto.

Clic, clic.

Le mani di Delores scivolano lungo le gambe e poi risalgono, si afferra i seni come piace a me. Le dita mi prudono e scatto ancora.

Clic, clic.

«Vieni qui, Dee», la chiamo con voce roca.

E miracolosamente, lei viene. Quando è abbastanza vicina, la trascino su di me, con una mano la afferro per i capelli e con l'altra le strizzo il sedere.

Geme contro le mie labbra. Le sue mani armeggiano con la mia cintura e con un solo movimento mi abbassa pantaloni e boxer. Continuando a tenere sia lei sia la macchina fotografica, scivolo dal divano per appoggiarmi a terra. La stoffa della lingerie di Dee contro la mia erezione è morbida, ma non quanto la sua pelle.

La metto supina e io mi sistemo su di lei. La guardo negli occhi e le sfilo le mutandine, quasi inesistenti, poi strattono il reggiseno vedo-non vedo, che si strappa, ma l'incidente non mi ferma.

«Te ne comprerò un altro», le prometto in tono impaziente.

Dee annuisce noncurante.

È magnificamente nuda e si contorce, io afferro di nuovo la macchina fotografica.

Clic, clic, clic, clic.

Appoggio di nuovo la fotocamera a terra lì vicino e mi metto sopra Dee, concentrandomi sui suoi seni. Ne strizzo uno mentre con la bocca mi dedico all'altro. Lecco il capezzolo, lo prendo tra le labbra, lo mordicchio, poi lo stuzzico con la lingua e lo succhio forte finché non sento Dee urlare di dolore e godimento.

Poi faccio lo stesso con l'altro.

«Ti piacciono le mie tette, Matthew?», mormora Dee.

Le lecco il capezzolo rosa, poi le rispondo: «Le amo. Sono perfette. Potrei passarci tutta la notte».

«Ti piace leccarle?», geme.

«Sì».

«Strizzarle?», sospira.

«Sì».

«Succhiarle?»

«Cazzo, sì».

«Vuoi scoparle, Matthew?».

Un desiderio irrefrenabile si impadronisce di me, facendomi gemere. Perché scopare le sue tette è una fantasia che ho dalla prima volta che le ho viste.

«Sì», praticamente la imploro. «Dio, sì, ho una voglia matta di farlo».

Sorride, in modo provocante. Una perfetta seduttrice: il viso e il corpo di un angelo e la brama di un diavolo. Disponibile e vogliosa.

«Anch'io».

Scivola sotto di me, baciandomi mentre scende giù e fermandosi appena il suo viso è sotto la mia possente erezione. Me lo prende nella sua bocca deliziosamente umida, fino in fondo. Poi si scosta, lasciando una scia bagnata.

Mi metto in ginocchio. Dee si afferra i seni e io mi chino con cautela. Poi strizza i seni l'uno contro l'altro e incastra il pene in una stretta morbida e perfetta.

Assaporo la sensazione, chiudendo gli occhi.

«Scopami».

Sento che sorride mentre mi dice: «Proprio quello che avevo in mente».

Ho voglia di muovermi, di spingere contro di lei in una maniera frenetica finché non trovo quel paradiso che so che aspetta soltanto di essere raggiunto.

Ma mi trattengo, sforzandomi di mantenere la calma. Voglio che sia lei a guidare. Apro gli occhi e incontro il suo sguardo famelico. Muove i seni su e giù, masturbandomi a ripetizione.

La sensazione – *Gesù Cristo* – è la più incredibile che abbia mai potuto concepire.

Le mani di Dee sono ferme, si limitano a mantenere la stretta, mentre muovo i fianchi avanti e indietro lentamente e non vedo l'ora di venire. Perciò aumento il ritmo, il mio respiro si fa più frenetico, il cuore quasi mi esce dal petto.

Dee ansima sotto di me: «Usa la macchina fotografica, Matthew. Voglio vedere le foto, dopo».

Tra i gemiti, faccio quello che mi chiede. Prendo la macchinetta fotografica e scatto altre foto.

Clic, clic.

Ma non fotografo il mio pene tra le sue tette prosperose – quell'immagine è già ben impressa nella mia mente fino alla fine dei tempi.

Clic, clic.

Immortalo le sue labbra spalancate di piacere. *Clic.*

La sua vogliosa lingua umida. *Clic.*

I suoi occhi d'ambra che ardono di trasporto… e fiducia. *Clic, clic, clic.*

È questo che fotografo. Le immagini che ho bisogno di immortalare.

Perché al di fuori di questo momento – al di là della nostra feroce attrazione e delle nostre imprese erotiche – Delores non si fida di me. Non del tutto. Non ancora.

Vorrebbe. Spera. Ma le rimane ancora il dubbio, un'autodifesa che le impedisce di fidarsi completamente.

Lo capisco. Non immagino le cicatrici che porta dentro di sé. Non conosco le esperienze che l'hanno portata a tenere così alta la guardia. Aspetterò che si senta pronta per mostrarmele. Farò di tutto per convincerla che sono una delle sue rare scelte nelle quali può riporre la sua fiducia.

Perché Delores merita l'attesa e l'impegno.

Ma qui, ora, il suo corpo già crede a ciò di cui la sua mente fatica a convincersi. Crede che non le farei mai del male. Che la desidero, che la voglio più di quanto abbia voluto qualunque donna.

Che avrò cura di ogni cosa che la riguarda – del suo corpo, della sua mente… del suo cuore – per tutto il tempo che me lo permetterà.

Il ritmo della canzone continua a incalzare mentre le parole si diffondono dalle casse: *This is my kingdom come / This is my kingdom come.*

Il mio pene scivola morbido tra i suoi seni con un ritmo costante e travolgente. Poi Dee alza la testa, si protende in avanti e me lo prende tra le labbra, per tutta la lunghezza, succhiando più forte che può.

Una sensazione talmente favolosa che potrei scoppiare a piangere.

Estasi allo stato puro che mi attraversa. Gemo mentre pronuncio il suo nome e raggiungo un orgasmo potentissimo, che mi travolge.

Dopo aver ingoiato fino all'ultima goccia, Dee scosta le labbra e mi sorride con malizia. «Ecco di cosa avevo sete».

Mi accascio, le ginocchia non mi reggono più, mentre cerco disperatamente di riprendere fiato.

Dopo un minuto di silenzio, Dee mi chiede: «Ti ho ucciso?».

Ridacchio. «Ci sei andata vicino. È stato più bello di quanto abbia mai immaginato il paradiso».

La attiro a me e la tengo stretta al petto. La nostra pelle è meravigliosamente scivolosa e appiccicosa. «È stato fantastico».

«Sì, lo so». Sorride.

«Ma tra poco sarà ancora meglio».

Mi guarda negli occhi. «Davvero?»

Annuisco e le sorrido. «Sì, davvero. Perché...». La sollevo e scivolo tra le sue gambe, per farla mettere a cavalcioni sopra il mio petto. La sua figa dolce a pochi centimetri dalla mia bocca.

Poi le passo la macchina fotografica. «...adesso tocca a te».

Capitolo 13

Dee passa il fine settimana da me.

Il sabato la porto con me in palestra. Indossa i miei calzoncini da box, che arrotolati le stanno benissimo, un reggiseno sportivo e un paio di guantoni. Dopo aver dato un paio di ganci al sacco veloce ha pensato di averlo rotto, ma le ho mostrato che in realtà è molto più resistente di quanto sembri.

Delores era orgogliosa di se stessa quando siamo andati via, quasi quanto lo ero io di lei. Non è certo una professionista, ma ha fatto molto meglio di tanti altri principianti.

E così è arrivata la domenica.

Vengo svegliato da discussioni telefoniche sussurrate – quel suono sordo e gracchiante, fastidioso quanto delle unghie che graffiano una lavagna.

«No, mamma, sta dormendo. Dio, e piantala! Detesto quando fai così! E va bene, lo sveglio. Va bene!».

Sento le sue dita sulla spalla.

Mi dico che è soltanto un sogno.

«Matthew. Matthew, svegliati, mia madre ti vuole parlare».

Apro gli occhi e la vedo, nel mio letto, con il cellulare in mano.

I genitori delle ragazze in genere mi adorano. Ma il primo approccio con loro di solito non avviene al telefono, mentre sono a letto con la loro figlia, alle sei del mattino, dannazione.

È una cosa veramente snervante.

Con la voce impastata, sussurro: «Non voglio parlare con tua madre».

«Be', benvenuto nel club. Continuerà a chiamare, perciò fai uno sforzo, così potremo tornare a dormire».

«No», sibilo. «Sono nudo. Non voglio parlare con tua madre quando ho il culo di fuori».

Alza gli occhi al cielo. «Sei al telefono, cazzo, mica su Skype, ce la puoi fare». Mi passa il cellulare.

«No».

«Sì».

Mi schiaccia letteralmente il telefono contro la faccia, e non ho altra scelta che rispondere. La mia voce esce forzata – involontariamente rispettosa – come uno scolaretto delle elementari che saluta la maestra a nome di tutta la classe.

«Salve, signora Warren».

La sua voce è secca, profonda. Mi domando se abbia avuto un'istruzione militare. «Buongiorno, signor Fisher. Ho saputo che lei ha rapporti con mia figlia; mi dia una conferma o una smentita, prego».

Guardo Delores incredulo.

Muovendo soltanto le labbra, dice: «Scusami».

Mi schiarisco la voce. «Be', ehm, non in questo momento».

La signora si schiarisce la voce a sua volta con fare contrariato. «So che Delores Sunshine è adulta e che può prendere le proprie decisioni da sola. Ma, considerando lo stato dei fatti attuale, le dispiacerebbe rispondere ad alcune domande per rassicurare una madre single preoccupata?».

Copro il microfono con la mano e con un sorriso compiaciuto chiedo a Dee: «Il tuo secondo nome è Sunshine?».

Dee nasconde la faccia nel cuscino.

Torno al telefono. «Spari».

Si schiarisce la voce. «È mai stato arrestato o condannato?»

«No».

«È mai stato internato per disturbi mentali?»

«No». Ma inizio a pensare che la signora Warren qualche disturbo mentale ce l'abbia.

«Ha un lavoro remunerativo?»

«Sì».

«Vive in un posto che non ha le ruote sotto?»

«Sì».

«Che lei sappia, ha mai avuto figli?».

Mi sento come sotto interrogatorio da una di quelle cavillose compagnie assicurative.

«No, non ho figli, noti o ignoti».

«Fa sesso sicuro con mia figlia?».

E con questa domanda si chiude il questionario del gioco a premi… Grazie per aver partecipato.

Mi tiro a sedere sul letto. «Ecco il punto, signora Warren… penso che sua figlia sia bellissima. La tratto con rispetto, mi prendo cura di lei, faccio di tutto perché stia bene quando stiamo insieme». Delores mi guarda con occhi calorosi e amorevoli. «Ma, detto con sincerità, questi non sono affari suoi. La cosa riguarda me e Dee, e basta».

La signora Warren emette una specie di grugnito, poi

dice: «Bene, mi ha fatto piacere parlare con lei, Matthew. Ripassi il telefono a mia figlia, per favore».

«Sissignora». Do il telefono a Dee.

«Va bene, mamma. Sì, anch'io ti voglio bene. Ciao». Chiude la conversazione con un sospiro.

Poi mi appoggia la testa sul petto, mi abbraccia e intreccia le gambe alle mie, stringendomi forte. Le bacio la testa e le accarezzo la schiena.

«Per favore, non proiettare la sua pazzia su di me», mi implora.

Sorrido. «Ancora non hai conosciuto i miei genitori. Come si dice "Ogni famiglia ha la sua croce"».

«Be'... la buona notizia è che le piaci. Hai il permesso di stare nel bunker».

«Io... non capisco cosa voglia dire».

Dee chiude gli occhi e si spiega. «Alcuni fidanzati fa, Amelia usciva con un reduce, che costruì un rifugio nel nostro giardino.

Lui non è durato molto, ma il bunker sì. Mia madre lo ha riempito di armi, e le persone che le sono più care hanno il permesso di nascondersi lì, quando, dice lei, inevitabilmente il governo cercherà di rendere schiava la popolazione e portargli via le armi».

La voce di Dee sta quasi per farmi addormentare... quando a un tratto registro le sue parole.

Sollevo la testa. «Aspetta. Tua madre ha delle *pistole*?».

Il lunedì sera, entro nel mio appartamento e butto le chiavi sul tavolino dell'ingresso. E tutto a un tratto qualcosa sembra... fuori posto.

L'aria sembra diversa. È come un sesto senso che si sviluppa quando vivi da solo: ti accorgi quando qualcuno è stato da te.

O se è ancora lì.

In soggiorno niente sembra diverso. Stesso discorso in cucina e in sala da pranzo, che passo sotto la lente d'ingrandimento mentre attraverso il corridoio verso la porta chiusa della stanza da letto. Apro la porta ed entro.

E là, sdraiata sul letto, con un body rosa chiaro, giarrettiere e calze autoreggenti c'è… Rosaline.

Per molti uomini è un sogno che si avvera. Ti ritrovi davanti una pollastra sexy e arrapata, che ti appare appena apri la porta con un soprabito e niente sotto.

Ma per me? Fantasia meravigliosa – ragazza sbagliata.

I suoi capelli corvini sono morbidamente scompigliati sul mio cuscino. I suoi occhi blu mi guardano mentre le labbra rosse sfoggiano un sorriso ammaliante.

«Ciao, Matthew».

«Come *cazzo* sei entrata?». Non fa caso al mio disappunto. O forse non ha proprio sentito.

Il suo sorriso vermiglio non si scompone affatto. «Ho detto al portiere che ero una vecchia amica. Dopo alcuni tentativi per convincerlo, mi ha fatto entrare. Dovresti proprio lamentarti, con quello che paghi per questo posto, la sicurezza lascia a desiderare. Però, ho come il sospetto che la cosa al momento non ti dispiaccia».

Fa scorre le mani lungo il ventre e giocherella con il tessuto sottile delle mutandine. Anche se i miei occhi sono tentati di seguire la sua mano, continuo a guardarla in faccia. «Ti sbagli».

Si alza dal letto e si mette davanti a me, con gli occhi bassi e le mani dietro la schiena – l'immagine perfetta della vulnerabilità sexy. «Ho *sbagliato* a lasciarti in quel modo. Rivederti mi ha fatto capire quanto mi manchi. Speravo, ora che sono di nuovo qui in città, che potessi darmi un'altra possibilità».

Non voglio mentirvi. Sentirle dire queste cose mi ha colpito. Il mio ego inizia a gonfiarsi. Non è quello che qualunque amante abbandonato spera? Sentire l'ex oggetto del desiderio dire di aver sbagliato? Che prega, implora di poter tornare indietro?

«Hai lasciato Julian?», domando, sorpreso.

Sorride. «Lasciarlo? Ma certo che no, sciocco. Se lo lasciassi, a me non toccherebbe niente, l'accordo prematrimoniale parla chiaro. Ma questo non significa che io non possa prendermi le mie... distrazioni. Possiamo divertirci tutti e due. Ogni volta che vogliamo».

Qualche settimana fa avrei potuto accettare l'offerta. Scopare Rosaline è sempre stato uno spasso mondiale. E io sono un *uomo*. Sesso frequente senza impegni è la pentola d'oro alla fine del fottuto arcobaleno. È qualcosa che tutti sognano, pensando che non esista nemmeno.

Ma qui, in questo momento, neanche il mio pisello è interessato. E la cosa è stupefacente, dato che lei è praticamente nuda.

Si avvicina e fa per mettermi le braccia intorno al collo. Ma io le afferro gli avambracci e la trattengo. «Rivestiti».

Sembra molto sorpresa. Confusa.

Ma prima che io riesca a continuare, qualcuno bussa alla porta. Delores, con la sua vocina cinguettante che urla dal pianerottolo: «E se ti chiamassi *loverboy*? Vieni qui, loverboy...».

Porca puttana.

Le cose si mettono male. Come quando si costruisce su un vecchio cimitero indiano e le anime si risvegliano parecchio incazzate.

Mi allontano da Rosaline e vado verso la porta, pensando alla cosa giusta da fare. Potrei nascondere Rosaline nell'armadio o sotto al letto, ma se Dee la trovasse, apparirei colpevole. Potrei allontanare Delores dalla "scena del crimine", ma se dovesse scoprirne il motivo, apparirei *maledettamente* colpevole.

L'unica strada percorribile è dire tutto per filo e per segno, raccontare a Delores la verità e fare appello alla sua comprensione e alla sua fiducia nell'onestà del genere umano.

Sì – avete ragione – sono davvero fottuto.

Apro la porta. Delores ha in mano un DVD di *Dirty Dancing* da vedere insieme, nel frattempo è lì che balla. «Questo film è perfetto per noi! Sono sicura che non l'hai mai visto, perché, scommetto che le tue palle degli occhi iniettate di testosterone erano troppo occupate a guardare film d'azione e di guerra. Ma per tua fortuna ho qui la versione originale completa di scene tagliate. Possiamo rifare la scena del volo d'angelo. So anche ballare il cha-cha-cha».

Scivolo nel corridoio prima che lei abbia finito di parlare e chiudo la porta dietro di me. Allora si accorge della mia espressione preoccupata e smette di ballare. «Che succede?».

Le appoggio le mani sulle spalle e le dico: «Per favore, non ti arrabbiare».

Queste parole sono la chiave per farla infuriare all'istante. *Idiota.*

«Perché mi dovrei arrabbiare?».

Cerco di aggiustare il tiro. «Ti devi fidare di me, Delores. Ti giuro che non è come sembra».

Non potevo fare di meglio, vero? *Merda.*

I suoi occhi d'ambra pieni di apprensione guardano prima me, poi la porta, e poi di nuovo me. Non mi risponde, invece mi ordina: «Apri la porta, Matthew».

Potrebbe essere la fine.

Apro la porta e Delores entra prima di me con passo deciso. Qualunque cosa sospettasse, non la trova. Si guarda intorno. «Che cosa...».

Ed ecco Rosaline che entra a grandi falcate in soggiorno – ancora vestita di pizzi e giarrettiere.

Altro che sfortuna!

«Penso che tu ti stia comportando in maniera infantile per quanto riguarda...». Rosaline si ferma a pochi passi da Dee, ma non sembra affatto disturbata dalla sua presenza.

«Be', questo è spiacevole».

Stringo i denti. «Ti avevo detto di rivestirti».

«Pensavo stessi facendo lo spiritoso. Non credevo dicessi sul serio».

Le do le spalle e mi giro verso Delores. «Dee...».

I suoi occhi esprimono diverse emozioni – shock, sorpresa, dolore, senso di tradimento, rabbia, umiliazione. Di comprensione e fiducia non sembra esserci traccia.

Ma non scappa.

E, soltanto per un attimo, penso di averla convinta. Che si ricordi delle mie promesse, che pensi a come mi sono comportato finora, in questi giorni, e che giunga all'inevitabile conclusione che io non sono uno stronzo traditore.

Vi do un secondo per immaginare cosa farà tra un po'. Tanto per creare un po' di suspance.

...

...

...

...

...

...

...

...

...

Mi dà uno schiaffo. Forte. Dritto in faccia.

Slap.

Poi si precipita fuori dalla porta.

«Maledizione!».

Vorrei seguirla – e lo farò – ma prima devo compiere una strage.

Con un sorriso non curante, Rosaline mi dice: «Dunque: dove eravamo?»

«Stavo giusto per cacciarti a calci in culo. Ed è quello che faccio adesso. Non voglio rivivere niente con te, Rosaline. È finita. Non mi avvicinare più alle feste. Se mi incontri per strada, girati e cammina dall'altra parte. Se ti azzardi a rifare una cosa del genere, o se cerchi ancora di interferire nella mia vita, farò sapere a tuo marito e a ogni tuo conoscente che sei un'infida, spietata, puttana dalla doppia faccia. Intesi?».

La sua sicurezza svanisce e assume un'espressione ferita. Ma soltanto per pochi secondi. Poi il suo sguardo torna di ghiaccio. Arrabbiata, ma sempre in grado di controllarsi. Come un topo ostinato a sopravvivere, anche se questo significa strapparsi una gamba a morsi per liberarsi. «Molto bene».

La guardo per l'ultima volta mentre esco sul pianerottolo. «Non farti trovare quando torno».

Il tempo di prendere l'ascensore e scendere al portone, e Dee già è andata via.

Esco fuori correndo sul marciapiede e cerco di trovarla tra la marea di newyorkesi indaffarati, finché non rintraccio la sua testa bionda che si allontana.

Ed è allora che inizia a piovere. Una pioggia gelida e battente, come un getto della doccia gigante regolato a tutta potenza sull'acqua ghiacciata.

Grazie, Dio, di concedermi una tregua.

Mi infilo tra i pedoni, cercando di non farmi cacciare un occhio dalla moltitudine di ombrelli. Quando riesco a raggiungere Dee, le afferro il braccio per farla voltare e le grido: «Smettila di correre! Ti avevo detto di non dare di matto!».

Guarda l'edificio in cui abito e grida: «Come faccio a non dare di matto quando c'è una donna nuda nel tuo appartamento?»

«Perché non sono lassù con lei! Sono qui, a rischio di prendermi una polmonite, a correrti dietro, cazzo!».

«Perché?».

Ed è in quel momento che ripenso al fatto di aver chiesto a Dee di fidarsi di me, di credere che io sono diverso da tutti gli stronzi che ha incontrato in passato, senza darle alcuna dimostrazione. Chiunque può far entusiasmare una donna – bei regali, appuntamenti da sballo – ma questo non dimostra che sei sincero. Potrebbe anche essere una semplice messa in scena per nascondere un secondo fine o una personalità falsa.

Per dimostrare che non nascondi nulla, a volte devi svuotarti le tasche, aprire la borsa e scoprire le tue carte. Anche se può essere doloroso o imbarazzante. La fiducia va guadagnata… a volte devi metterti a nudo.

«Siamo stati insieme per due anni ai tempi del college. Volevo sposarla, e pensavo che anche lei lo volesse. Invece no. Mi ha tradito per tutto il tempo con un uomo più vecchio e più ricco, e io ero troppo cieco per accorgermene. Mi ha scaricato quando l'ha messa incinta. Mi ha spezzato il cuore, dannazione… e… e adesso sono così felice che l'abbia fatto. Perché altrimenti… non ti avrei mai incontrato».

Delores sembra stupita.

Poi assume un'espressione compassionevole – ma ancora piena di dubbi.

«È così bella».

Guardo i suoi capelli bagnati, il viso rigato dal mascara, le sue labbra livide per il freddo. Poi scuoto la testa.

«Non per me».

Dopo qualche istante accenna un timido sorriso. Le porgo la mano. «Adesso, per favore, possiamo tornare a casa?».

Mi prende la mano. «Va bene».

Camminiamo a passo svelto verso il mio palazzo. Appena siamo vicini, vedo Rosaline sbucare dal portone – con gli occhiali scuri, nonostante il tempo, un impeccabile impermeabile allacciato in vita e i capelli raccolti in una coda bassa e ordinata. Il suo autista la ripara con l'ombrello mentre cammina verso la portiera aperta della limousine. Non mi fa nessun effetto vederla andare via, sono soltanto sollevato.

Una volta a casa, Dee si stringe le braccia intorno al corpo, continuando a battere i denti. Ci togliamo i vestiti fradici e riempiamo la Jacuzzi di acqua calda. Anche se ci sono poche cose migliori di una scopata tra le bolle della vasca da bagno, al momento la cosa non rientra nei miei piani. Non voglio eccitarmi come un toro soltanto per dirle che voglio tenerla stretta a me – vorrei fare molto di più.

Soltanto... non adesso.

Mi rilasso contro la parete della vasca, con le braccia appoggiate sul bordo e Dee con la testa sul petto, girata verso di me. Chiudo gli occhi, godendomi l'acqua calda che mi rilassa i muscoli. La stanza, con lo specchio appannato, è silenziosa, quieta – siamo entrambi felici di essere qui in questo momento.

A un certo punto Dee sussurra: «Qual è la cosa peggiore che tu abbia fatto?».

Apro gli occhi e la guardo. «Mi hai fatto una domanda un po' bizzarra».

Vedo che sorride. Mi spiega: «Le buone azioni sono facili da raccontare. Ma le cattive dicono di più di una persona».

Inspiro una boccata di vapore e faccio una ricognizione di tutte le mie trasgressioni. Poi confesso: «Ho... tradito... tutte le ragazze che ho avuto, sia al liceo che al college... prima di Rosaline. E ogni volta che venivo scoperto, facevo in modo che pensassero che fosse colpa loro».

L'espressione di Delores non mostra traccia di giudizio.

Né orrore né ribrezzo. Soltanto curiosità. «Perché l'hai fatto?».

Perché gli uomini tradiscono? È una domanda vecchia come il mondo, e ha trovato varie risposte. La più semplice è: perché sono uomini. Ma non è esaustiva.

Alcuni uomini si annoiano. Cavalcare lo stesso cavallo – anche se ha le sembianze di Kate Upton – può stancare. Per altri, è come un gioco. Il brivido di andare con qualcuna con cui non dovrebbero, l'eccitazione di poter essere scoperti. Altri ancora sono soltanto codardi. Non hanno il coraggio di dire a una donna innamorata che non provano più gli stessi sentimenti di un tempo. Pensano di proteggerla dal dolore che potrebbero infliggerle e che quello che fanno in realtà significhi meno di quanto pensino le donne.

«Perché ero giovane e stupido. Egoista. Perché le volevo soltanto per divertirmi, e non significavano mai abbastanza da impedirmi di avere qualche distrazione con le altre. Perché non mi rendevo conto di quanto ci si sentisse male e umiliati a essere ingannati così.

Ma il karma è uno stronzo moralista. Dopo Rosaline… ho capito. E giuro che non farò mai più una cosa del genere, a nessun'altra».

In un modo terribile, Rosaline mi ha fatto un favore, mi ha dato la lezione che mi serviva. Mi ha fatto diventare un uomo migliore. Per tutte le donne che sono venute dopo.

Per Delores.

Con un dito sollevo il mento di Dee e le tiro su la testa così che mi possa guardare negli occhi. «Non ti farei *mai* una cosa simile. Lo sai, vero?».

Dio, ti prego… fa' che mi creda.

Cerca di leggermi nello sguardo, poi mi fa un sorriso sbilenco. «Sì, lo so». Torna ad appoggiarsi con la testa contro il mio petto. «Ma ogni tanto serve che me lo ricordi».

«E tu?», le chiedo, «quali scheletri nascondi nell'armadio?».

Non mi risponde subito. Quando inizia a parlare ha un tono sommesso. «Ho abortito quando avevo sedici anni. È stato con il mio primo ragazzo – belloccio, presuntuoso, che veniva dalla periferia. Disse di amarmi e io... gli credetti».

Si guarda la mano che tiene immersa nell'acqua, la muove a formare un mulinello. «E sono consapevole che dovrei provare... rimorso. Un senso di colpa. Invece no. Ho preso la decisione giusta».

«E poi», continua poco dopo, «ogni tanto, ci ripenso, avrei potuto avere un figlio adesso. Ora avrebbe avuto circa nove anni. E io non sono proprio... triste, ma mi domando come sarebbe la mia vita adesso, se le cose fossero andate in un altro modo».

Mi guarda. «Pensi che io sia un mostro?»

«Neanche per idea». La avvicino a me e le do un bacio sulla fronte.

Con un tono più leggero aggiunge: «Voglio dire, non sarebbe assurdo? Io che cresco un bambino, o una bambina?»

«Vuoi avere figli?», le chiedo. «Un giorno?».

Fa spallucce. «Non lo so, non sono sicura di essere in grado. Mia madre non è stata un buon esempio. Non penso fosse pronta a diventare madre. Io sono stata un incidente, Billy era un caso disperato. Ci amava e ci ha provato con tutte le sue forze, ma non è mai riuscita a... esserci sempre... mentre crescevo, capisci? Cambiava lavoro in continuazione, cercava sempre di reinventarsi, cercava l'amore in tutti i posti più sbagliati. È più un'amica che un genitore. Ho paura che la sua incapacità possa essere ereditaria».

Anche se questa conversazione è andata molto oltre quello che avevo previsto, non riesco a togliermi dalla testa l'immagine di Dee madre. Mentre gira per strada in top e tacchi alti con un neonato accoccolato al seno dentro uno di quei marsupi.

E nella mia fantasia, il neonato è l'immagine esatta di noi: i capelli biondo ramato di Dee e i miei occhi nocciola.

«Credo che saresti una brava madre».

La gratitudine traspare dai suoi occhi e dal suo sorriso. «Davvero?»

«Davvero».

Delores mi ricorda molto Alexandra, moltissimo. Impetuosa e piena di calore nelle sue manifestazioni d'affetto. Una che dà abbracci forti e baci sentiti. Questo farebbe di lei una bravissima mamma.

Poi non parliamo più. Rimaniamo nella vasca finché l'acqua non si raffredda, a goderci insieme il silenzio.

Ad alcune donne non piacerà sentirmelo dire, ma lo dico lo stesso: non c'è bisogno di essere innamorati per fare sesso alla grande. Le esperienze sessuali più fantastiche della mia vita non hanno comportato coinvolgimenti emotivi. In realtà sono state con ragazze per le quali nutrivo l'indifferenza più totale. Non le conoscevo abbastanza perché potessero piacermi o non piacermi. Di alcune non ho mai saputo neanche il nome.

Sapevo solo che erano sexy, che le volevo, che ero pazzo di loro, a un livello puramente fisico.

Il desiderio è una cosa facile. Chiara. Divertente.

L'amore è un casino. Confonde. A volte spaventa.

Il desiderio è potente. Primordiale. Ti trascina.

L'amore è dubbioso. Passeggero. Ti può fottere il cervello.

Mi rendo conto che questo pensiero non è una prerogativa maschile – ma in base alle statistiche gli uomini sono più avvezzi a soddisfare le loro pulsioni con esperienze sessuali occasionali senza coinvolgimento emotivo, rispetto alle donne.

Cercate su Google, se non mi credete.

La maggior parte delle donne inizia a provare dei sentimenti soltanto dopo un po' di tempo passato a frequentarsi – altrimenti non è neanche in grado di pomiciare.

Ma Delores Warren non è la maggior parte delle donne. Lei mi ha fottuto il cervello fin dalla prima volta che siamo usciti insieme. Non mi conosceva abbastanza da poter provare qualcosa, a parte desiderio fisico. Ed è stato fantastico.

Per tutti e due. Infatti, sembrava preferire che andasse così.

Come ho appena detto… il desiderio è facile.

Ma la notte dopo l'irruzione di Rosaline a casa mia, qualcosa è cambiato. Si è modificato.

Trasformato.

Non voglio soltanto che Delores abbia orgasmi stellari, voglio farla felice. Voglio farla sentire appagata, apprezzata – dentro e fuori la camera da letto. E voglio essere io l'artefice del suo stare bene.

Sospira nel sonno, e io mi sveglio. È a pancia in giù, con le coperte tirate sui fianchi che le lasciano scoperta la schiena. Guardo il suo viso e mi chiedo cosa starà sognando. I tratti del viso sono rilassati, tranquilli – sembra piccola e vulnerabile.

Innocente.

Un forte istinto protettivo mi riempie il petto e mi colma il cuore. La mia mano si muove automaticamente verso la sua schiena, l'accarezzo dal basso verso l'alto. Poi la bacio. Con la lingua assaporo il dolce salmastro della sua pelle, dalla colonna vertebrale al collo.

«Matthew», sospira. È sveglia.

Si rigira supina, i suoi occhi attenti rintracciano i miei nell'oscurità. Spingo via le coperte, lei allarga le gambe per me. Per accogliermi.

Mi sposto su di lei, m'infilo tra le sue gambe, lei spinge il bacino contro di me. Quando le bacio le labbra, è un gesto che significa più di un bacio. Diverso da tutti gli altri baci che ci siamo scambiati.

Voglio farle capire cosa provo. Voglio farle vedere – con ogni carezza, ogni volta che la sfioro – cosa significhi lei per me. E soprattutto... voglio sapere se lei prova le stesse cose. Voglio che me lo faccia sentire.

Scivolo dentro di lei, fino in fondo. Le sue pareti umide e strette si distendono, per poi contrarsi di nuovo quando mi tiro indietro per un'altra spinta. Appoggio la bocca contro la sua, i nostri respiri si fondono, i gemiti si mescolano.

È dannatamente bello.

Mi tocca il viso, io le bacio il mento, la guancia, i capelli, un orecchio, inondandola dei sentimenti che nutro per lei. I nostri movimenti sono delicati… non leggeri o calmi ma… pieni di significato.

Profondi.

Solleva i fianchi contro di mc, in cerca di una maggiore intimità. Ingoio il gemito che le esce dalle labbra mentre viene. Spingo dentro di lei senza rallentare, finché non la seguo con uno dei miei orgasmi da infarto.

Le sue gambe s'intrecciano intorno a me, tenendomi piacevolmente prigioniero nel suo calore avvolgente. Ci baciamo mentre torniamo pian piano a rilassarci, leccandoci e mordicchiandoci le labbra. Giro il viso verso il suo collo e appoggio la testa, inspirando il suo profumo. Le sue mani mi accarezzano le braccia fino alle scapole.

Qualche minuto dopo, esco controvoglia da dentro di lei, ma Dee mi trattiene in un abbraccio e non riesco a muovermi. Ci addormentiamo così come stiamo, con il mio corpo che le fa da coperta, e lei da cuscino.

Capitolo 14

Delores e io abbiamo trascorso ogni istante dei giorni e delle notti successivi insieme. Finalmente si è aperta e mi ha raccontato dei suoi ex. Non sono tanti, ma alcuni di loro sono stati degli autentici figli di puttana.

Il primo è stato il tipo che l'ha messa incinta e poi l'ha scaricata.

Il bastardo numero due si scoprì essere più vecchio di quanto le avesse detto. Una cosa come… dieci anni più vecchio. E sposato. Con un figlio.

Seguito dallo stronzo – risalente agli anni del college – che le rubò le informazioni bancarie per ripulirle il conto e fuggire a Las Vegas. La testa di cazzo le lasciò un biglietto in cui spiegava di essere dipendente dal gioco d'azzardo, cosa che era riuscito a nasconderle per i mesi che erano stati insieme.

Per finire, l'ultima ferita: il figlio di puttana che l'ha picchiata.

Delores ha detto che è successo una volta sola, ma una volta è già troppo per me. Non mi dirà mai il suo nome, ma giuro che se dovessi venire a scoprirlo… lo pedinerò e poi gli romperò ogni singolo osso della mano con cui ha osato toccarla.

Dopodiché gli romperò anche l'altra mano, tanto per essere sicuro che non lo dimentichi mai.

Oh, e poi c'è la storia dei suoi genitori. Delores mi ha

raccontato che sua madre e suo padre ebbero una notte di fuoco dopo la quale si giurarono amore eterno. Finché lei non rimase incinta. E suo padre sparì come un fantasma… senza dare più notizie.

Ora che conosco i dettagli delle ferite di Dee, ogni cosa acquista più senso. E capisco perché era così nervosa all'inizio, anche se le piacevo – perché le piacevo *davvero*.

È già un miracolo che si fidi di me adesso. Dopo quello che mi ha raccontato, non sarei sorpreso se avesse gettato la spugna e fosse diventata lesbica.

Ma, anche se sarebbe stato fico, sono davvero felice che non l'abbia fatto.

La sera prima del Ringraziamento è ufficialmente la serata all'insegna dei locali notturni più densa di tutto il calendario. Ogni anno, dopo la festa per la vigilia del Ringraziamento con i colleghi, Drew, Jack e io ci facciamo tutte le discoteche e i party fino all'alba. Ci divertiamo da matti. È una tradizione come il tacchino ripieno e la salsa di mirtilli.

Però, devo confidarvi che non ho mai amato la salsa di mirtilli. Anche se fatta in casa, fa davvero schifo.

A ogni modo, quest'anno ho invitato anche Dee alla festa con i colleghi e alla serata a seguire. Non vedo i ragazzi da più di due settimane. A volte capita. Quando un bambino riceve un giocattolo nuovo a Natale, l'ultima cosa che vuole è farci giocare i suoi amici. Lo nasconde, lo tiene solo per sé, e magari di notte lo nasconde sotto il cuscino. Poi, dopo un paio di settimane ci fa giocare anche qualcun altro.

Non che Jack e Drew giocheranno con Dee nel senso

che piacerebbe a loro, ma è arrivato il momento di portarla un po' in giro. Presentarle i ragazzi, così che possano capire che è una fidanzata formidabile. Il tipo che gioca a freccette e a biliardo e che non rovina i bei momenti.

La chiamo sul cellulare da fuori al suo palazzo per evitare di cercare un parcheggio per la moto e fumo una sigaretta mentre aspetto che scenda. Quando esce dal portone, sorrido compiaciuto dal suo abbigliamento. Pantaloni di seta neri che le fasciano le gambe tanto da sembrare una guaina, décolleté rosa con tacco a spillo abbinate al top e una giacca corta nera che tiene in mano. I capelli mossi sono raccolti sulla testa e fanno convergere l'attenzione sulla collana di diamanti che scende sulla scollatura.

«Bella collana», le dico mentre le porgo il casco.

Fa spallucce. «Bigiotteria comprata da QVC».

Mi dico di compragliene una vera. L'immagine di Delores vestita di diamanti – e nient'altro – mi provoca un ghigno sul viso e un'erezione nei pantaloni.

S'infila il casco, ma non sale subito sulla Ducati. Rimane sul marciapiede, con le mani appoggiate sui fianchi e lo sguardo pensieroso.

«Cosa mi risponderesti se volessi guidare la tua moto fino alla festa?»

«Ti risponderei che non è il tuo giorno fortunato. Non mi metto mai sul sedile posteriore».

Mi dà dei colpi sulla testa, che il casco fortunatamente attutisce.

«E allora fammi fare un giro da sola intorno all'isolato».

«No... non voglio».

Fa il broncio.

Sospiro. «Hai mai guidato una moto prima d'ora?»

«No, ma l'ho sempre desiderato».

«Be', io ho sempre desiderato volare, ma non per questo ho intenzione di mettermi una tuta con i flap e tuffarmi dall'Empire State Building».

Si avvicina e mi accarezza il petto, lasciva. «Dài, per favore. Starò molto attenta e te ne sarò infinitamente grata. Davvero grata. Tipo... gratitudine sfrenata, che ti permetterà di ammanettarmi al letto».

Siamo alla resa dei conti.

Sto per tirare fuori gli attributi e salvaguardare il mio orgoglio e la mia amata moto da una strage annunciata? Oppure mi farò governare dal cazzo, annebbiato dalla promessa di sesso sfrenato e Dee alla mia mercé per tutta la notte?

Non c'è gara.

«E va bene, mi siedo dietro».

Scivolo sul sedile posteriore e mi sistemo in modo che lei abbia spazio per sedersi davanti a me. Le mostro la frizione, l'acceleratore e, cosa fondamentale, il freno.

Avete presente la storia di quando si sta per morire e tutta la vita vi passa davanti agli occhi?

Per tutto il tragitto fino all'ufficio, ho avuto modo di provare che è tutto maledettamente vero.

Mi è passata tutta la vita davanti. Tre volte.

Una volta per l'autobus al quale Dee ha tagliato la strada. Un'altra per i bidoni della spazzatura che ha divelto come birilli, e un'altra per il taxi che ci ha quasi buttato fuori strada.

Anche se l'ultimo incidente non è stato proprio colpa di Delores. I tassisti di New York sono pazzi scatenati, ti fanno sbandare senza battere ciglio e non guardano neanche nello specchietto retrovisore per controllare se sei morto.

Dopo aver legato la moto nel parcheggio, io e Dee camminiamo mano nella mano nell'ampia sala ricevimenti addobbata a festa. La solita musica allegra si diffonde dalle casse della postazione del DJ, mentre dal tavolo del buffet arrivano odorini invitanti e il vocio riempie tutta la stanza.

John Evans è bravo in tante cose, ma organizzare feste favolose è quella che gli riesce meglio.

Faccio un giro di ricognizione con Dee, mentre le presento i miei colleghi e il capo. Ci prendiamo qualcosa da bere al bar e ci intratteniamo con Jack O'Shay, che ci racconta in tono minore le sue gesta del fine settimana. Scorgo i miei genitori dall'altra parte della sala – mentre ci dirigiamo verso di loro, Jack mi guarda indicando Dee e mi mostra il pollice all'insù.

Mia madre è una donna minuta – circa trenta centimetri più bassa di mio padre che, anche adesso che è invecchiato, è alto un metro e ottantacinque. Anche lei sta invecchiando, i capelli vaporosi castano chiaro sono diventati più grigi rispetto all'ultima volta che l'ho vista. Ma i suoi occhi, dello stesso color nocciola dei miei, ancora brillano della stessa dolcezza e gioia di vivere di sempre.

Era un'autentica debuttante, cresciuta nel rispetto dell'etichetta, della compostezza… e del silenzio.

La leggenda narra che abbia conosciuto mio padre durante la festa del suo debutto in società e che sia stato un autentico amore a prima vista. Lui era un tipo scalmanato, un festaiolo, ma fu attratto dal suo carattere calmo e placido. Lei fu rapita dalla passionalità di lui. E nonostante mio nonno avesse minacciato di disconoscerla, sono fuggiti insieme quattro settimane dopo essersi conosciuti.

Mia madre non conosce la cattiveria. È dolce e onesta. Ha una voce pacata – quasi lirica, come quella di Jackie Kennedy in quella celebre intervista alla Casa Bianca. Mio padre è sempre stato molto protettivo nei suoi confronti, e non c'è nulla – *nulla* – che io ricordi lei abbia mai chiesto a mio padre a cui lui non abbia subito provveduto.

Mio padre mi saluta con una forte stretta di mano. «Figliolo».

«Ciao, papà».

Dee è al mio fianco mentre mia madre mi abbraccia. «Caro».

Presentare una ragazza ai propri genitori può essere stressante, soprattutto se tua madre è una di quelle madri ipercritiche, che giudicano ogni particolare e che pensano che nessuna sia all'altezza di suo figlio. La madre del mio compagno di stanza al college era così. Ha rotto l'anima alla sua fidanzata perché indossasse dei fottuti calzoncini bianchi per la Festa dei Lavoratori. Non c'è bisogno di dirvi che non è rimasta la sua fidanzata molto a lungo dopo quel giorno.

Ma i miei genitori sono più alla mano. Mio padre, in particolare, sa che non sono un santo. Se riuscirò a trovare una donna capace di starmi accanto, a lui andrà più che bene. Mia madre vuole soltanto che io sia felice. La felicità per lei è un matrimonio di quelli classici, con due bambini e un animale domestico. Qualunque ragazza pronta ad avverare questo desiderio sarà accolta in famiglia a braccia aperte.

Se fosse anche in grado di convincermi a vendere la moto, sarà letteralmente adorata.

«Mamma, papà, lei è Delores Warren».

Delores fa un sorriso smagliante. «Molto lieta di conoscervi, signori Fisher».

Mio padre fa un cenno con la testa. «Altrettanto».

«Che scarpe adorabili, Delores», dice mia madre.

«Grazie. Sono le mie preferite, e molto più comode di quello che sembra. Riesco anche a ballare senza che mi facciano male».

«Sei una ballerina?», chiede mia madre.

«Non di professione».

«Quando avevo la tua età amavo ballare. Mi facevo portare a ballare da Frank ogni volta che ne avevamo l'occasione».

Dato che il bicchiere di Dee è quasi vuoto, colgo l'occasione per spostarci verso il bar. Vedo entrare Kate Brooks e il ragazzo che l'accompagna: è il cugino di Dee, lo riconosco dalle foto che ho visto nel suo appartamento.

Porgo a Dee il suo drink e approfitto di una pausa nella conversazione tra lei e mia madre per dirle: «Sono appena entrati tuo cugino e Kate».

«È stato un piacere conoscerti, cara. Spero di rivederti presto», la saluta mia madre.

«Lo spero anch'io», risponde De, affabile.

Mentre camminiamo tra la folla, Dee mi dice: «Dovremmo portare tua madre a ballare una sera. Si nasconde una ballerina di twerking dentro di lei che ha tanta voglia di esprimersi».

«Di esprimersi, o di far esprimere i suoi fianchi?», ridacchio.

Raggiungiamo Kate e Billy, e Delores mi presenta suo cugino. Lui mi stringe la mano in modo vigoroso. «Piacere di conoscerti, amico».

Faccio un cenno con la testa. E Delores prende in giro il cugino: «Finalmente Kate è riuscita a farti mettere un vestito, eh? Stai bene, non avrei mai immaginato che saresti riuscito a ripulirti così».

Lui si tocca il colletto della camicia a disagio. «Non ti ci abituare. La prossima volta che tirerò fuori questa roba dall'armadio sarà per andare a un funerale».

Kate alza gli occhi al cielo. Poi ci raggiunge John Evans e facciamo le presentazioni, restando a parlare per alcuni minuti. Vedo Drew dall'altra parte della stanza che si avvicina. Conoscendolo fin da quando sono nato, sono esperto nel leggergli le espressioni del viso – anche quelle che cerca di camuffare. E in questo momento è furibondo.

Non ne conosco il motivo. Lui e Kate hanno perso Saul Anderson – il cliente che entrambi volevano accalappiare – alcune settimane fa. Anche se il suo vecchio sembrava contrariato, Drew era sorprendentemente compiaciuto di averne dette quattro a quel bastardo, quindi non è sicuramente per questo. È stato anche capace di aggiustare le cose con suo padre, quindi non può essere nemmeno questo il motivo. Per un attimo penso che vedere Kate – la prima donna per cui ha perso la testa – con il fidanzato gli abbia mandato la serata di traverso.

Ma scarto subito quell'ipotesi. Drew è possessivo con la sua macchina, con i suoi clienti, non con le donne. Non è geloso nelle relazioni. Perciò non lo immagino proprio amareggiato perché una tipa che si voleva portare a letto se la fa con qualcun altro.

Nemmeno se la ragazza in questione è attraente come Kate Brooks.

«Drew!», lo saluta suo padre. «Stavo giusto raccontando al signor Warren di quell'affare che ha concluso Kate la settimana scorsa. Siamo proprio fortunati ad averla con noi».

«È soltanto apparenza», scherza Delores. «Sotto l'abito da impiegata e quell'atteggiamento da brava ragazza batte il cuore di un'autentica ribelle. Potrei raccontarvi storie su Kate che vi farebbero drizzare i capelli».

Kate fulmina Delores con lo sguardo. «Grazie, Dee, ma ti prego di *non* farlo».

Billy ride e passa il braccio intorno alla vita di Kate con fare possessivo.

Drew aggrotta le sopracciglia. E, sebbene stia scherzando, le sue parole sono acide.

«Giusto. Eri una piccola teppista in passato, vero Kate? Papà, lo sapevi che cantava in una band? Lo facevi per finanziarti gli studi, vero? Credo sia più grave che ballare la pole dance».

Dee gli rivolge uno sguardo severo – non le piace per niente il tono che sta usando.

Kate tossisce e Drew le porge un tovagliolo, poi affonda una stilettata a Warren: «E Billy lo è ancora. Sei un musicista, vero?»

«Sì, è vero», risponde l'altro.

«Allora raccontaci, Billy, sei una rockstar come Bret Michaels? O come Vanilla Ice?»

«Nessuno dei due».

«Perché non prendi la tua fisarmonica, o qualunque cosa suoni, e salti sul palco? Ci sono un sacco di soldi in giro per questa sala. Magari potresti suonare a un matrimonio. O a una festa delle debuttanti ebree».

Billy lo fulmina con gli occhi, come se stesse morendo dalla voglia di prenderlo a calci nel culo. «Non suono in questo tipo di eventi».

E dopo quest'ultimo commento Drew sembra morire dalla voglia di metterlo alla prova. «Accidenti. Con la crisi che c'è in giro, non credo che i poveri e i disoccupati dovrebbero essere così esigenti».

«Ascolta, brutto pezzo di…».

Kate cerca di smorzare la tensione, come un arbitro sul ring tra due pugili intenti a massacrarsi. «Billy, amore, potresti andare a prendermi un altro drink al bar? Questo è quasi finito», gli dice stringendogli il braccio.

Billy sbuffa, ma fa come gli dice.

Poi, in un tono astioso quanto l'espressione di Drew, Kate dice: «Drew, mi sono appena ricordata di avere delle carte da darti sul conto dei Genesis. Sono nel mio ufficio. Andiamo».

«C'è una festa, Kate», dice John allegramente. «Rimandiamo il lavoro a lunedì».

«Ci vorrà soltanto un minuto», risponde lei sorridendo. Poi il sorriso si spegne non appena afferra Drew per il braccio e lo trascina via.

Mentre John chiacchiera con un socio in piedi vicino a lui, Dee si avvicina e mi dice sottovoce: «Non mi è piaciuto come il tuo amico ha parlato a mio cugino… e a Kate».

Le passo un braccio intorno alle spalle. «È soltanto un po' competitivo. È un tipo che pensa che il pesce grande debba per forza mangiare il pesce piccolo».

E, senza ombra di dubbio, Drew si giocherebbe la sua palla destra per avere la possibilità di mangiare Kate Brooks.

Dee non è soddisfatta. «Se dovesse tornare da queste parti per continuare a fare il cazzone, gli dirò che con me rischia seriamente che glielo tagli».

Nelle settimane in cui l'ho frequentata, ho potuto conoscere diversi lati di Delores – allegra, seducente, tenera, scema – ma questa è la prima volta che vedo il suo lato protettivo. Nutro grande rispetto verso la lealtà, e il fatto che lei dimostri la sua con così tanta veemenza mi piace tantissimo.

Le do un bacio sulla fronte. «Allora speriamo che non lo faccia più».

Quando, dopo due minuti, vedo che Kate e Drew non sono ancora tornati, immagino che Billy sia andato a cercarli. Perché dieci minuti dopo, lui e Kate riappaiono al fianco di Dee. Entrambi sembrano a disagio. Tesi. Di certo non proprio felici.

Drew non è tornato affatto.

Mezz'ora dopo va via Jack, e penso che lui e Drew abbiano deciso di iniziare il giro dei locali in anticipo. Date le recenti minacce espresse contro Drew, non penso sia la serata giusta per portare Dee in giro con i ragazzi. Perciò, quando la festa finisce, Dee e io andiamo a fare un giro con Billy e Kate. Camminiamo per un paio di isolati e ci sediamo a un tavolo in un bar che inizia a riempirsi, con un microfono piazzato su un piccolo palco.

Delores e Kate iniziano a tormentare Billy perché si iscriva per esibirsi. Billy dà un colpo di gomito a Kate. «Canta con me. Come ai vecchi tempi».

Kate scuote la testa. «Neanche per sogno. I tempi in cui cantavo sono andati. Ho appeso il microfono al chiodo per sempre».

Anche se Kate ha risposto con tono scherzoso, Warren sembra... infastidito. Anche un po' ferito.

Dopo aver finito il primo giro di drink, viene chiamato sul palco. Sale con una delle chitarre del locale a cantare una cover di *Here's to Us*. Non ricordo il nome del gruppo, ma mi viene in mente l'heavy metal, e che il cantante è un accanito fumatore con i capelli rosso fuoco.

Devo dire che Billy Warren mi lascia a bocca aperta. Suona molto bene e la sua voce è bellissima – pulita, con la giusta dose di graffiato.

Dee alza il bicchiere, applaude e grida, continuando a muovere la testa a tempo di musica. Kate, invece, guarda Billy con occhi orgogliosi ma seri. Credo che in parte la canzone sia triste, in un certo senso. Struggente.

Parla di amore sprecato, bei tempi andati, errori commessi e bisogno di andare avanti.

Warren suona l'ultima nota con molto trasporto e il pubblico scoppia in un applauso. Kate sorride e si alza in piedi per fargli i complimenti quando lui torna al tavolo. Anch'io gli stringo la mano e mi congratulo. Dee ha un approccio più esuberante. «Bel lavoro, asino!». Poi lo abbraccia fino a farlo arrossire.

Kate si scusa e va in bagno. Io scherzo con Delores: «Be'... immagino che tuo cugino abbia preso per sé tutti i geni musicali della famiglia, eh?»

«Vedo che già conosci le doti canore di Dee-Dee», dice Billy.

«Ma andate affanculo, io canto benissimo».

Suo cugino ride. «Sì, certo. Rain Man. I gatti accorrono da tutto l'isolato quando ti sentono, sperando di rimediare qualcosa».

Scoppio a ridere e brindo con Warren, mentre Dee gli lancia un brezel sulla testa che riesce a schivare.

Kate torna a sedersi vicino a Billy, e io non posso fare a meno di notare la distanza tra le due sedie. Billy si sporge in avanti ed esordisce: «Allora… ho delle notizie da darvi. Quel produttore musicale che è venuto al mio concerto qualche mese fa mi ha richiamato. Vorrebbe che andassi con lui in California… vuole portarmi in uno studio di registrazione».

Dee sorride contenta. «Oh mio dio! Ma davvero è fantastico!».

Ma a giudicare dallo sguardo, Kate non la pensa affatto così.

«Quando… quando ti ha chiamato?», chiede.

Billy alza le spalle. «Qualche giorno fa». Beve un sorso di birra.

«E perché vengo a saperlo soltanto adesso?».

La tensione si sente ronzare come uno sciame di cavallette.

Billy assume un'espressione tesa. «Quando avrei potuto dirtelo, Kate? Non ci sei mai».

Lei si acciglia. «Viviamo insieme».

«E anche quando sei a casa è lo stesso come se non ci fossi».

Lei distoglie lo sguardo e si pettina i capelli con le mani.

Delores li guarda preoccupata, come un bambino davanti a una lite dei propri genitori divorziati.

«Io non posso...», inizia a dire Kate. «Non posso venire in California, adesso».

Billy tiene gli occhi fissi sulla bottiglia di birra. «Sì... lo so. Ecco perché ci andrò da solo».

Kate sembra colta alla sprovvista, ferita, e anche un po' arrabbiata.

«Ma... eravamo d'accordo. Tu mi hai supportata quando eravamo a scuola e adesso... tocca a me fare la stessa cosa per te».

Billy allontana la sedia dal tavolo. La frustrazione gli fa stringere i pugni e assumere un'espressione grave. «Be', le cose cambiano, Katie. Voglio dire, te ne rendi conto quando non sono a casa? Perché sono sicuro che non è proprio come vuoi farmi credere».

Lei vorrebbe chiedergli cosa intende. Ha già la domanda sulla punta della lingua, ma cambia idea e dice: «Non ho intenzione di litigare».

Quest'ultima frase lo fa incazzare. «Certo che non vuoi litigare. Non vuoi fare mai niente con me negli ultimi tempi! Sei troppo impegnata ad andartene in giro...».

«È il mio lavoro!».

Lui la ignora. «Non vuoi litigare, non vuoi parlare, non vuoi fare sesso...».

Le guance di Kate si accendono, ma non saprei dire se per la vergogna o per la rabbia.

«L'unica cosa che vuoi fare è esaminare le tue dannate scartoffie e decidere quale vestito mettere per andare in ufficio».

«Non è giusto!».

«Per quel che ne so gli affari appartengono al mondo maschile, ma non immaginavo che ti dovessi calare nella parte».

Delores si intromette nella discussione. «Non fare lo scemo, Billy».

«Non ti immischiare, Dee-Dee».

Con gli occhi in fiamme, Kate si mette faccia a faccia con il suo fidanzato. «Vai a farti fottere».

Lui fa un sorriso amaro. «Interessante scelta delle parole. Non so da chi ti sia fatta fottere tu negli ultimi tempi, ma di sicuro non da me».

Kate si alza e strappa la sua borsa dalla spalliera della sedia. «Me ne vado a casa. Buonanotte, Matthew. Dee, ti chiamo».

Non appena Kate esce dal locale, Warren si alza per seguirla, ma Dee gli afferra il braccio.

«Billy! Non… non dire cose di cui puoi pentirti… cose che sia tu sia io sappiamo che non pensi davvero».

Lui si limita ad annuire ed esce.

Dee beve un lungo sorso di Martini. «Bene, alla fine è successo».

«Pensi che le cose si sistemeranno?», le chiedo.

«No, sono sicura che supereranno tutto, che rimarranno insieme, al massimo staranno separati per un po'. Però è da un po' che hanno problemi. La loro relazione è come un obitorio: senza vita. E Billy ha ragione. Non mi ricordo l'ultima volta che hanno litigato prima di stasera».

«E non è una cosa buona?», domando, mentre finisco la mia birra.

«Non per loro. Non è che non litigano perché sono felici, non lo fanno perché, malgrado nessuno dei due voglia ammetterlo, non c'è più niente per cui valga la pena litigare».

I matrimoni e le relazioni più riuscite sono quelle tra migliori amici – che vogliono scoparsi. Amici intimi che non riescono a staccarsi le mani di dosso. Quando sei stato con la stessa persona per tanti anni, si presume che ci si senta a proprio agio. Comodi. Come con un vecchio paio di boxer.

Ma deve anche esserci un'attrazione formidabile. Un desiderio insaziabile.

Qualche volta, come nel caso di Steven e Alexandra, la passione si manifesta a ondate. Si lasciano andare quando la vita glielo permette.

Ma se la passione se n'è andata e non ti interessa nemmeno provare a ravvivare la fiamma, quello che resta è l'amicizia. La compagnia.

Se hai ottant'anni, ti puoi accontentare. Ma se ne hai venticinque?

Ti stai soltanto arrendendo.

«Pronto per fare baldoria?», mi chiede Delores.

«Sì. A quanto pare siamo rimasti da soli, stasera».

Sporge il petto in fuori. «I guerrieri del fine settimana... di mercoledì. Diamoci dentro».

Passiamo il resto della serata in giro per bar. Giochiamo a freccette e a biliardo. Mi ha vinto cinquanta dollari all'ultima partita: non sapevo di giocare con una professionista.

Avrei dovuto immaginarlo.

Come ultima tappa andiamo in una discoteca – schiacciati come sardine tra la folla sulla pista. Ma Dee sembra più pacata del solito. Abbattuta. Disturbata. Non è la ragazza imprevedibile e gioviale con cui ho avuto a che fare nelle ultime settimane.

A fine serata – è molto presto rispetto agli anni passati – andiamo a casa sua.

Sprofondiamo sul divano e ci mettiamo a chiacchierare del più e del meno. Parliamo perfino di animali domestici, e le racconto di King, il grande alano nero con cui sono cresciuto. Amavo moltissimo quel cagnone peloso, e rimango allibito quando Delores mi confessa: «Io non ho mai avuto un cane».

«Davvero? Mai? Neanche… un chihuahua?».

Fa no con la testa. «Ho avuto un criceto. Sono del tutto autosufficienti. Mia madre non ha mai voluto la responsabilità di un cane. E poi c'era la questione della bava».

Sorrido, immaginando già che sarà una cosa divertente.

«La questione?»

«Della bava. Ho sempre provato avversione nei confronti di uomini e animali con un eccesso di salivazione».

«Mi stai prendendo in giro».

«Posso sopportare la saliva dei baci, questo già lo sai. Mi eccitano quando è il momento giusto. Ma troppa saliva mi dà il voltastomaco. Sputare, sbavare, e cose simili. Mi fanno vomitare».

A Delores non danno fastidio lo sporco, il sudore o il disordine. Non ha paura dei roditori – neanche dei topi grandi come gatti che scorrazzano per la città e che a me fanno una paura dannata, se proprio devo dire la verità. È innamorata della mia moto e le piacciono i serpenti. Dunque, non posso fare a meno di pensare a quanto questa cosa sia buffa – questa deviazione dal suo solito «chi se ne frega» – e divertente.

Perciò mi viene voglia di farle uno scherzo.

Il bambino di nove anni che è dentro di me – quello che si divertiva a far dondolare un ragno dalle zampe lunghe davanti al viso di Alexandra, nonostante le conseguenze che sempre seguivano – mi sopraffà.

È l'unica ragione per spiegare quello che faccio subito dopo.

«Perciò… ti darebbe fastidio se ti facessi questo?». Inspiro forte per raccogliere il catarro in gola.

Delores tira la testa indietro, chiude gli occhi con disgusto e alza le mani. «*Non* farlo».

Ingoio. «E immagino che tu non vorresti mai vedermi fare come John Bender».

John Bender – quello del film *Breakfast Club*. Se non sapete di cosa sto parlando, guardate e imparate.

Sembra davvero in preda al panico. «Non azzardarti!».

Faccio un ampio sorriso, poi tiro indietro la testa, apro la bocca e lancio uno sputo esagerato in aria, che rimane sospeso per qualche istante e poi mi ricade dritto in bocca.

Dee salta in piedi e urla: «Bleah! Che schifo!». Inizia a saltellare come se avesse le formiche addosso, mentre grida: «Non sei più il mago-del-clitoride! Oddio, tu sei l'uomo-lama e mi fai schifo! Non ti bacerò mai più!».

«È una sfida?».

Si mette a ridere con fare nervoso e si allontana. «No… no, tu e la tua linguaccia schifosa state lontani da me!».

In un lampo, mi alzo dal divano e la afferro per la vita. Dee si ribella e cerca di scappare, così cadiamo tutti e due per terra con un tonfo, mentre urliamo, rotolando e ridendo.

Mi metto sopra di lei e le afferro i polsi bloccandoli sopra la sua testa. Non ha modo di sfuggirmi, ma non smette di provarci.

Sarà per lo sfregamento dei nostri corpi, per il grande divertimento, o per via delle meravigliose esperienze che abbiamo avuto in questa posizione in particolare, sta di fatto che comincio a sentirmi eccitato.

Tuttavia, ignoro la mia erezione. Non la perderò comunque, e ho ancora tante altre "torture" da infliggerle. Come i tentacoli di un film horror fantascientifico, la mia lingua scivola piano sul viso di Dee. Lei dimena la testa e le sue urla mi trapassano i timpani.

Quindi cerca di mordermi.

Procedo con il colpo mortale: le lecco la guancia e la fronte, lasciandole una densa scia di bava, come una lumaca che ha subìto una mutazione radioattiva. Poi le lecco gli occhi chiusi, ma quando sto per spostarmi verso il collo, qualcuno bussa forte alla porta.

Mi domando se per caso qualche vicino, sentendo Dee gridare, non abbia chiamato la polizia. Mi scosto. Lei si alza in piedi, facendo versi di disgusto mentre si asciuga il viso con forza. Poi mi minaccia: «Il tuo culo è il prato, Fisher, e io sono la falciatrice. Tieni gli occhi aperti stanotte».

Scoppio a ridere.

Dee apre la porta senza controllare nello spioncino. E lì, in piedi, con gli occhi bassi e la custodia della chitarra in mano, c'è Billy Warren. Guarda Dee e le chiede: «Posso restare qui stanotte?».

Dee apre un po' di più la porta per farlo entrare.
«Sì, certo. Cosa… Stai bene?».
Lui butta la chitarra in un angolo. Ha gli occhi lucidi, come se stesse cercando di trattenere le lacrime, ma non ci riesce. «Kate e io… noi… Ho rotto con Kate».

Capitolo 15

Dopo aver raccontato a Delores tutto nei minimi particolare, Billy la prega di andare da Kate – dalle sue parole dovrebbe sentirsi sotto a un treno. Dee prende il cappotto e mi guarda dalla soglia della porta, poi si volta verso il cugino per farmi capire che dovrò occuparmi di lui mentre è via.

Annuisco. Dee mi sorride riconoscente ed esce.

Io e il piccolo Billy rimaniamo soli.

Mi sento come se dovessi fare gli onori di casa, ma questo è l'appartamento di sua cugina, è ovvio che si senta a casa sua – e sa bene dove tiene gli alcolici. Non appena la porta si chiude, va in cucina e torna con una bottiglia di vodka, due bicchierini e due birre.

Si siede sul divano e sistema il kit per i drink davanti a sé, con una faccia da condannato a morte. Versa due shot e mi porge il mio dopo aver già fatto fuori il proprio. Quando io ho mandato giù il primo, Billy ha già fatto fuori il secondo.

Fa un respiro profondo e rimane con lo sguardo fisso sul tavolo. Senza guardarmi, mi dice: «Sei il tipo giusto per mia cugina. La rendi… felice. Dee ha gusti di merda in fatto di uomini, da sempre. Le piacciono gli stronzi, ma tu… sembri decente».

Mi apro una birra. «Mi piace credere di essere quello giusto. Anche lei mi rende felice».

Annuisce. Poi mi guarda negli occhi. «Se lo merita. Con ogni probabilità ti farà vivere dei momenti d'inferno. Delores sa essere un'autentica rottura di palle, ma lo è soltanto perché è stata ferita, si è fidata delle persone sbagliate... e adesso ha paura di sbagliare di nuovo. Ma... sa amare... profondamente. Sa donare tutto quello che ha. Se ti fa entrare nella sua vita, non ti abbandonerà mai».

«So che se lo merita». Sorrido. «E sto facendo il possibile perché si fidi di me».

Billy manda giù un sorso di birra. «Bene».

Mi offre un altro bicchierino, che rifiuto con un cenno della testa e beve lui per me.

Poi aggiunge: «Lo so che non mi conosci, amico, ma spero che tu sia sincero con me. C'è qualcosa tra Kate e quell'Evans?».

La domanda resta in sospeso per un po', poi con cautela rispondo: «È stata Kate a dirti che tra loro stava nascendo qualcosa?».

Beve la sua birra e scuote la testa. «Naaa, è soltanto una mia impressione. Lo nomina sempre, o perché l'ha fatta incazzare, o perché l'ha aiutata, o perché ha fatto qualcosa di straordinario».

In situazioni del genere, non amo mentire. Mi è stato insegnato che le persone ti trattano come tu tratti loro. Ma allo stesso tempo Drew è il mio migliore amico. Quindi, malgrado Billy sembri un bravo ragazzo, se mi dovesse servire un amico che mi pari le spalle, non sarà di certo Billy.

«Kate non mi sembra affatto una donna che tradisce, Billy».

«No, non lo è. O almeno, non lo è mai stata».

Annuisco. «E Drew... be', non è il tipo che si mette a flirtare con le ragazze dell'ufficio. È una regola che segue e non ha mai infranto, nemmeno una volta».

Si appoggia contro lo schienale del divano, sfinito e sollevato dalla mia risposta.

Dopo un po', con la voce rotta, dice: «Che schifo».

Concordo. «Le rotture fanno sempre schifo».

Tira su col naso. «È la prima volta per me. Io e Kate... siamo stati sempre insieme, da quando avevamo quindici anni. È stata la prima in tutto. E pensavo anche che fosse l'ultima. L'unica».

Mi limito ad annuire e lo lascio parlare.

«Ma in questi ultimi anni... è stato come se stessimo insieme per forza d'inerzia, capisci? Non penso che smetterò mai di amarla... ma non è più lo stesso. Non è abbastanza. Non... stiamo più bene insieme».

Con fare comprensivo, gli dico: «Succede molto spesso. La gente cambia».

Sembra d'accordo. «Sì». Beve un altro sorso di birra. «Però fa male, cazzo».

«Passerà».

Restiamo seduti in silenzio per qualche istante – il nostro momento di confidenze è finito.

Allora prendo il telecomando e accendo la TV con i canali a pagamento. «Ti va di vedere *Predator*?».

Billy si versa un altro shottino. «Sì, non l'ho mai visto».

Sorrido. «Ti cambierà la vita».

Poco prima dell'alba, Delores rientra a casa. Io sono mezzo addormentato su una vecchia poltrona reclinabile, mentre Billy dorme sul divano.

La bottiglia di vodka, ormai vuota sul tavolino del salotto, ha prodotto il suo effetto.

Dee lancia le scarpe con un sospiro. Poi mi vede. Sembra sorpresa. «Sei ancora qui?»

«Non dovevo?»

«No, no, hai fatto bene».

Copre suo cugino con un plaid, spostandogli con dolcezza i capelli dal viso, come farebbe una madre con il suo bambino febbricitante. Poi mi passa davanti per andare in camera. Io mi alzo e la seguo.

«Come sta Kate?».

Delores si toglie i vestiti da festa che ancora indossava facendoli cadere sul pavimento. Li lascia lì. Scopro che indossa delle mutandine micro a stampa leopardata e un reggiseno coordinato senza spalline.

«Kate sta malissimo. È ferita... Billy le ha detto delle brutte cose. Cose che sono frutto del risentimento, e lei si sente in colpa. Billy si è dato da fare per starle vicino quando erano a scuola. Si odia per il fatto che non potrà fare altrettanto».

Si gira di spalle mentre sgancia il reggiseno, voltandosi solo dopo aver indossato una maglietta rossa dei Phillies.

«Grazie per essere rimasto con lui, Matthew».

«Ci mancherebbe».

Sospira, ma le sue spalle sono ancora tese. «Sono davvero stanca».

Inizio a sbottonarmi la camicia, per raggiungerla a letto. L'intenzione non è di fare sesso con lei – anche se, con tutto l'alcol che ha bevuto suo cugino, credo che neanche il sesso più scatenato lo sveglierebbe. Tuttavia non mi sarei mai aspettato le sue parole: «Ora puoi andare».

Le mie dita rimangono come congelate sui bottoni della camicia. «Cosa?»

«Dicevo, grazie, sono stanca, puoi andartene». Ha gli occhi spenti, il viso inespressivo come il manichino di un negozio.

Mi avvicino, cercando di farle cambiare atteggiamento.

«Dee, capisco che ti senti sconvolta...».

«O forse, semplicemente, non ti voglio qui, Matthew!», dice aspra. «Magari ho soltanto voglia di stare da sola».

Sì – nel caso ve lo stiate chiedendo – questa è la mia faccia incazzata: mascelle contratte, labbra serrate, occhi fuori dalle orbite. Sono arrabbiato per quello che ha detto, per come si sta comportando – la sua fottuta testardaggine che non le permette neanche di guardare me e la nostra relazione senza che incomba l'ombra del suo passato.

«Tu non vuoi stare sola, hai soltanto una paura fottuta. Guardi Kate e Billy e non vuoi che un giorno ti possa sentire come loro adesso...».

Batte piano le mani, sarcastica.

«Brillante deduzione, Watson. Altro che gli spogliarelli in stile Chippendales, se il mondo degli affari non farà più per te, potrai sempre diventare un grande psicoterapeuta».

Mi metto le mani nei capelli, cercando di reprimere la frustrazione che mi fa venir voglia di sbattere i pugni contro il muro.

«Questa maledetta mania di allontanarmi sta diventando noiosa, Delores».

«Bene. Quella è la porta». Indica con il dito. «Perché non te ne vai a cercare qualcosa di nuovo?»

«Buona idea. È quello che farò», dico con voce bassa e furiosa.

Quindi mi giro e mi dirigo verso l'ingresso.

Attraverso il soggiorno, metto la mano sulla maniglia… ma a un certo punto mi fermo. Perché questo è esattamente quello che si aspetta da me. Che io la lasci. Che la faccia finita.

Con la nostra relazione.

Dee preferisce rompere prima e gettare la spugna, piuttosto che essere delusa e ferita a morte dopo.

Lo so. Così come mi rendo conto che l'ultima cosa che vorrebbe è che io me ne andassi.

Che la lasciassi sola.

Mi allontano dalla porta e torno determinato verso la camera da letto. È seduta impettita contro la testiera del letto ed evita il mio sguardo.

«Non me ne vado. Vuoi gridare? Puoi gridarmi contro. Ti va di prendere a pugni qualcosa? Ci sono io. Oppure possiamo rimanere in silenzio. Ma… non me ne vado da nessuna parte».

Mi siedo sul letto e mi tolgo le scarpe e poi il resto. Dee scivola sotto le coperte e spegne la luce, ma la stanza non sprofonda nell'oscurità. Una luce fioca entra dalla finestra e mi consente di vedere la sua silhouette: è sdraiata supina, con lo sguardo sul soffitto. Con i boxer addosso, scivolo sotto le coperte vicino a lei. E non appena appoggio la testa sul cuscino, lei si avvicina, si gira verso di me e mi appoggia la fronte sul bicipite.

«Sono felice che tu non sia andato via».

L'abbraccio e rimaniamo attaccati: la guancia sul petto, una mano sullo stomaco, le gambe intrecciate. Delores sussurra: «Cosa faccio domani? È il giorno del Ringraziamento. Dovevo passarlo con Kate e Billy, avevamo in programma di mangiare fuori, in una bisteccheria».

Aggrotto le sopracciglia. «Bisteccheria?».

Sento che fa spallucce. «Mangiano tutti il tacchino. Odio fare quello che fanno tutti».

Non riesco a trattenere un sorriso.

«Non posso decidere di uscire con uno dei due», continua. «Per loro è già abbastanza dura, non voglio lasciarli soli». Solleva la testa e mi guarda negli occhi. «Se Steven e Alexandra si lasciassero, con chi passeresti le feste?».

Le accarezzo la schiena con delicatezza e le rispondo nella maniera più inutile possibile: «Non lo so».

Si appoggia di nuovo sul mio petto. Poi aggiungo: «Non devi scegliere. Potresti non andare con nessuno dei due e venire con me, a cena dai genitori di Drew».

Tira su col naso. «No, non posso farlo».

Non ho mai pensato davvero che avrebbe accettato.

Le suggerisco un'alternativa. «Tuo cugino continuerà a dormire ancora per molto. E quando si sveglierà, ti posso assicurare che non avrà nessuna voglia di andare a mangiare una bistecca. Lasciagli un biglietto, vai a pranzo con Kate, passa il pomeriggio con lei e poi esci a cena con Billy».

«Ma così resteranno soli, almeno per una parte della giornata».

«Sono adulti, Dee. Ce la faranno. E poi, chissà, magari domani si risistemerà tutto».

«Non credo proprio», mi risponde in tono scoraggiato. «E forse è meglio per loro che non tornino insieme».

«È proprio quello che ha detto anche tuo cugino».

Mi bacia il petto con delicatezza, un bacio dolce. «Soltanto che... è triste. È la fine di un'epoca».

La stringo a me. Gira la testa per tornare a guardarmi. «Matthew, queste ultime settimane, noi due insieme... io...». Smette di parlare e si passa la lingua sulle labbra. «Sono davvero felice che tu sia rimasto stanotte».

«Anch'io».

Dopo alcuni minuti, il suo respiro si fa regolare e profondo.

Penso si sia addormentata, finché, con voce flebile mi dice: «Soltanto... non farmi soffrire, va bene?».

Le accarezzo i capelli e l'abbraccio forte. «Mai, Delores. Promesso».

Sono le ultime parole prima di addormentarci.

Il mattino seguente, sul presto, Dee si sveglia e fa appena in tempo a darmi un bacio prima di andare via. Passo davanti a Billy, sprofondato sul divano e ancora alienato dal mondo, e me ne vado a casa per fare una lunga doccia. Poi vado nella casa di campagna dei genitori di Drew per passare questo giorno di festa.

I soliti volti già in attesa – John e Anne, Steven e Alexandra, George e i miei genitori. Mi faccio strada tra strette di mano e abbracci verso la veranda sul retro, che affaccia sul cortile ordinato e scorgo Drew e Mackenzie sull'altalena, la stessa con cui giocavamo noi da bambini, ormai molto tempo fa.

Nonostante sembrino assorti in una discussione impegnativa, li raggiungo. Drew dice a Mackenzie che sono arrivato, e lei salta giù per corrermi incontro e tuffarmisi tra le braccia come se non mi vedesse da mesi. La prendo in braccio e la stringo forte, mentre lei mi mette le braccine intorno al collo.

Poi la rimetto a terra e raggiungiamo Drew. «Ehi, amico», mi saluta.

«Come va?», domando. «Te ne sei andato presto ieri sera. Non sei tornato alla festa».

Alza le spalle. «Non ci stavo con la testa. Ho fatto un salto in palestra e sono andato a letto».

Ah. Un comportamento insolito da parte di Drew, mi domando se abbia qualcosa a che fare con l'atteggiamento di merda avuto nei confronti di Kate e Billy alla festa.

«Tu sei andato con quella Delores?», mi chiede.

Annuisco. «Con lei, Kate e Billy», dico per sondare le acque.

Scuote la testa. «Quel coglione».

Mackenzie si avvicina e ci porge il Barattolo delle Parolacce: un'invenzione di Alexandra per farci trattenere dal dire brutte parole davanti alla bambina. Un vero tormento, insomma, ma anche una cosa molto buffa.

«Non è così male».

«Gli idioti mi disturbano», dice, mentre perde un altro dollaro.

Credo lo faccia apposta, perché in effetti dice più parolacce di quante ne direbbe se il Barattolo non esistesse. Come una specie di psicologia inversa, tanto per ribellarsi al sistema e dimostrare a sua sorella che non può controllarlo.

E magari vi starete chiedendo perché non gli ho detto della rottura tra Billy e Kate. È semplice: i ragazzi detestano i pettegolezzi. Non parliamo di cazzate del genere, come le relazioni di altre persone. Parliamo a malapena delle nostre.

Tutto qui.

E poi Drew si attaccherebbe a Kate come un'ape sul miele se sapesse che è stata lasciata. Perché è risaputo che le ragazze appena mollate sono un frutto facile da cogliere, a portata di mano. Penso che gli fornirebbe un vantaggio ingiusto nella loro piccola battaglia dei sessi. Vantaggio di cui lui non ha bisogno.

Ultima cosa, la gente si lascia in continuazione… per rimettersi insieme appena il giorno dopo. Nonostante quello che ha detto Dee, Billy sembrava davvero distrutto. Credo che farà ancora altri tentativi prima di chiudere la partita.

Non c'è ragione di dare a Drew una speranza vana.

«Allora, cosa c'è tra te e Delores?», mi chiede.

Sorrido. E mi mantengo sul vago. «Ci frequentiamo. Lei è forte».

«Suppongo che l'hai rimorchiata».

Aggrotto le sopracciglia. Perché, anche se so che non aveva intenzione di essere irrispettoso, Dee non è una ragazza qualunque. Sentir parlare di lei in questo modo mi suona come una *mancanza di rispetto*. Perciò vado dritto al punto: «Non è così, Drew».

Sembra confuso. «E allora com'è, Matthew? Non ti fai vedere da due settimane. Posso capirlo se sei troppo pieno di figa. Ma, in caso contrario, che succede?».

Aspetto che Mackenzie si avvicini di nuovo col Barattolo delle Parolacce… invece no. Credo che questa non l'abbia sentita.

Allora cerco di far capire a Drew come stanno le cose, ma, dato che non è mai stato innamorato di nessuno, tranne che di se stesso, non so davvero se riuscirebbe a capirmi. «Lei è… diversa. È difficile da spiegare. Parliamo, capisci? Penso a lei in continuazione. Non appena mi allontano da lei, non vedo l'ora di rivederla. Lei... mi stupisce. Vorrei che capissi cosa voglio dire».

Lui mi avverte: «Ti trovi su un territorio pericoloso, amico. Hai visto cosa è successo a Steven. Questo sentiero porta al lato oscuro. Abbiamo sempre detto che non ci saremmo mai cascati. Sei sicuro di quello che fai?».

Continuando a sorridere, imito come meglio posso la voce di Dart Fener e gli rispondo: «Se tu solo conoscessi il potere del lato oscuro...».

La cena del Ringraziamento è da libro dei record. O da album dei ricordi. Se avessi avuto con me la videocamera, avrei sicuramente ripreso l'esilarante, orribile disfatta. È stato sciocco da parte mia pensare che Mackenzie, che sente sempre tutto, non avesse sentito Drew darmi del «pieno di figa». L'ha sentito, eccome. L'unica ragione per cui non glielo ha fatto notare è stata perché non sapeva che fosse una parolaccia.

Quando l'ha ripetuta mentre eravamo a tavola ha finalmente capito. E si è scatenato l'inferno.

Non posso fare a meno di scoppiare di nuovo a ridere mentre ci ripenso. Lei che chiede a Steven: «Che significa "pieno di figa", papà?», mi tornerà sempre in mente come la cosa più divertente che abbia mai sentito. Sono rimasto talmente scioccato, che ho sputato l'oliva nera che avevo in bocca e ho quasi accecato Steven, colpendolo dritto in un occhio. Il padre di Drew si stava strozzando con il tacchino e mia madre ha urtato il bicchiere di vino, lasciando un ricordo indelebile sulla tovaglia di pizzo di Anne Evans.

Bei momenti.

Alexandra era davvero incazzata. Di sicuro, se la sua ira fosse stata rivolta a me, non avrei trovato tutto così divertente. Ma era tutta per Drew, quindi la gaffe di Mackenzie e le sue conseguenze scioccanti sull'intera tavolata mi hanno fatto sbellicare.

Avrei tanto voluto che Delores fosse stata lì a gustarsi la scena. A proposito di Dee, prima di tornare in città, mi fermo a fare benzina e le telefono per chiederle come è andata la giornata.

«Meglio di quanto mi aspettassi», racconta. «Però, posso rimanere da te stanotte? Mio cugino sta riversando i suoi dolori nella musica, e anche se mi piace ascoltarlo cantare, se sento un'altra canzone sul suo cuore spezzato, l'episodio della cena rovinata sembrerà una cosa da niente».

La mia vita si è appena avvicinata ancora di più alla perfezione. Ripenso a quando io e Delores abbiamo iniziato a frequentarci e lei mi disse di non volere relazioni serie. Certo, ha avuto i suoi momenti di insicurezza, ma guardateci adesso. Sta venendo da me, mi sta chiedendo se può restare a dormire. È un grande passo in avanti. Credo che voglia le stesse cose che voglio io. Siamo sulla stessa lunghezza d'onda. Ha deciso di investire, di programmare un futuro con me.

Sorrido. «Certo. Sarò a casa tra mezz'ora. Vieni da me, piccola».

È sempre *più buio prima dell'alba*. È un modo di dire comune. Meno comune, ma altrettanto vero, è che *l'orgoglio precede la caduta*.

Ricordate quando poco ho detto che le donne dovrebbero smettere di giocare la carta delle vittime? Di interpretare le azioni degli uomini, di pensare che vogliano intendere qualcosa di più rispetto a quello che fanno e di prendere così com'è quello che gli uomini dicono? Ero così preso da Dee, così desideroso di prendere quello che avevamo e scappare verso la via del non ritorno, che ho ignorato i miei stessi consigli.

Avete mai sentito parlare del mito di Icaro?

Probabilmente non vi sareste mai aspettati una lezione di mitologia greca, ma lasciatemela passare comunque, è importante. Icaro era il figlio di un maestro artigiano. Il padre gli costruì un paio di ali di cera e piume e lo avvertì, prima di spiccare il volo, di volare basso. Di non salire troppo in alto. Icaro promise di dargli retta.

Ma, una volta libratosi in aria, si sentì così rapito da quella sensazione, dalla bellezza e dal calore del sole, che dimenticò quelle raccomandazioni. Ignorò tutti i segnali proprio davanti a lui perché convinto di sapere dove stesse andando, di avere tutto sotto controllo.

Potete indovinare cosa successe. Eh già, Icaro si bruciò, le sue ali si ruppero e lui si schiantò a terra.

Sfortunatamente… posso dire lo stesso sul mio conto.

Capitolo 16

La Bibbia dice che c'è un tempo per tutto nella vita. Un tempo per la guerra e un tempo per la pace, un tempo per strappare e un tempo per ricucire... un tempo per amare... e un tempo per *dire* a una ragazza che la ami.

Non dice proprio così, però dovrebbe. Perché ci sono troppi poveri idioti che commettono l'errore di dirlo nel momento sbagliato.

Come, per esempio, dopo aver fatto sesso. *Sbagliato*. Se lo fai è un modo sicuro di cacciarti nei guai.

Oppure quando si litiga. Ancora più sbagliato. Ci sarà pure un motivo se la canzone *Love Her Madly* dei Doors è così popolare ancora oggi. Perché le parole: "Non amarla mentre sta uscendo dalla porta" è senza età. Agli uomini non piace perdere. Che sia una scommessa, la loro maglietta preferita o la fidanzata. Nel tentativo estremo di non essere sconfitti in una discussione, finiamo per dire qualcosa di stupido, che non avremmo mai voluto dire.

Ma secondo me stasera è il momento giusto per far passare la mia relazione con Dee al livello successivo. Ho fatto fare un duplicato delle chiavi del mio appartamento per lei, e non appena gliele metterò in mano, le dirò che mi sto innamorando di lei.

Non siete sorpresi, vero? Dio, di sicuro ve lo sarete immaginato.

Ci ho pensato molto negli ultimi tempi. È successo un

po' alla volta, ma questa è la maniera migliore. In quattro settimane, Dee è passata da essere la ragazza che volevo rimorchiare a quella che volevo frequentare, fino a diventare la persona senza la quale non riuscirei più a vivere.

Penso a lei in continuazione, la desidero, mi manca quando non siamo insieme, non importa se siamo stati attaccati fino a pochi istanti prima. È bella, divertente e interessante... e certo è anche una rompipalle, ma – come vi ho già detto all'inizio – la amo proprio per le sue manie, non malgrado quelle.

Gli ultimi dieci giorni sono stati fantastici. Billy era ancora a pezzi nel suo appartamento, quindi, a parte quando andava lì a prendersi cura di lui, è rimasta da me. Ma voglio di più. Ci sono state molte occasioni in cui avrei potuto sganciare la bomba in questi ultimi giorni, ma volevo che fosse indimenticabile. Speciale. Qualcosa che, orgogliosa, potesse raccontare a Kate, o magari un giorno... ai nostri figli. Alle ragazze piacciono queste stronzate.

Ancora non l'ho sentita oggi. Sono stato tutto il giorno fuori dall'ufficio, a far visita a un cliente dopo l'altro. Ma stasera verrà da me e ho organizzato tutto. Volete sentire?

Inizieremo la serata con una passeggiata sulla spiaggia di Jersey. I miei genitori mi portavano sempre lì quando ero piccolo. Siamo a dicembre, ma la maggior parte delle giostre e dei chioschi sono aperte tutto l'anno. C'è una magia incredibile in quel posto, un'aura di tempi semplici, una bellezza nostalgica. Prenderò Delores per mano e spenderò trenta dollari per vincere un peluche da due dollari da regalarle, con quel gioco in cui si devono colpire dei barattoli con una palla da baseball. Faremo un giro sulle macchinette a scontro, magari una pattinata, e mangeremo uno di quei deliziosi bignè fatali per la salute.

Poi scenderemo in spiaggia, ci toglieremo le scarpe e faremo una passeggiata. Staremo vicini al mare quanto basta per vedere le onde al chiaro di luna senza bagnarci. Inizierà a fare freddo, così lei si stringerà a me e io l'abbraccerò per riscaldarla. Poi, con lo sciabordio delle onde in sottofondo, glielo dirò.

Che ha cambiato la mia vita. Che voglio vivere il resto dei miei giorni con lei. Che niente sembra più com'era prima di conoscerla perché, per merito suo, tutto è diventato incredibilmente più bello. Non penso che rimarrà senza parole, ma potrebbe succedere. Se succederà, le dirò che non serve che mi dica niente. Sono un uomo molto paziente. So aspettare.

Poi faremo l'amore. E sarà bellissimo. Il sesso sulla spiaggia non è per niente così meraviglioso come si dice. La sabbia non va molto d'accordo con i genitali. Ma… se Dee ne avrà voglia, di certo non la deluderò.

Non appena sento aprire la porta, che non avevo chiuso a chiave, vado a sistemarmi i capelli davanti allo specchio del bagno. *Sono a posto*. Quindi esco e vado in soggiorno. Sorrido… finché non vedo la faccia di Delores.

È furiosa. Cammina a denti stretti, con le narici allargate per la rabbia. Le parole che le escono dalla bocca sono come proiettili.

E io sono proprio sulla traiettoria.

«Il tuo amico è uno stronzo! E tu devi dirmi dove posso trovarlo».

«Quale amico?»

«Drew "sto per tagliargli le palle e fargliele mangiare" Evans».

Mi metto a ridere, anche se non dovrei. «Vacci piano, Lorena Bobbitt. Calmati».

Calmati. Cosa mi è venuto in mente? Questa parola è come benzina sul fuoco, serve soltanto ad accrescerlo. È la seconda maniera per far incazzare una donna più di quanto già non sia. La prima è chiederle se è nervosa.

«Calmarmi? Vuoi che mi calmi?», urla Dee.

«Che diavolo ti succede?»

«Quello che mi succede, imbecille insensibile, è che vengo proprio ora dall'appartamento di Kate. È a pezzi, completamente devastata. Perché il tuo amico, Drew, si è preso gioco di lei e l'ha trattata come una puttana che poi non ci si preoccupa neanche di pagare».

Sapevo già che Drew aveva una cotta per Kate, ma non riesco a reprimere il tono di sorpresa dalla mia voce: «Drew e Kate sono stati insieme?».

Dee incrocia le braccia al petto. «Certo che sì. È stato molto carino e gentile, finché non ha rotto con Billy. Le ha fatto credere che davvero gli importasse qualcosa di lei. Ha passato il fine settimana da lui. E poi, stamattina, dopo essere andati al lavoro, le ha detto che fa talmente schifo a letto da non valere neanche una seconda possibilità».

Mi metto una mano sulla fronte, mentre cerco di elaborare la notizia che mi ha appena dato Dee, e che non ha alcun senso. Drew non porta le donne nel suo appartamento, *nessuna* donna. Drew non si scopa mai la stessa ragazza due volte… o almeno… non se ricorda di essersela già scopata. E poi, passare il fine settimana con una ragazza? Ma neanche per sogno.

«Sei sicura che Kate ti abbia parlato di Drew?», le domando.

«Cazzo, l'ha definita un "progetto", Matthew! Che ha già "portato a termine". E io sto per fare "un progetto" con la sua faccia. Kate è la persona migliore che conosca. Ha una maschera da dura, ma dentro è sensibile. Fragile. Lui non può trattarla così».

Dietro la rabbia di Dee si cela il dolore. Si sente ferita, perché lo è stata la sua amica. Mi avvicino per toccarla, confortarla e calmarla, ma lei si ritrae.

Alzo le mani in segno di resa, mentre cerco di ragionare con lei: «Drew non è così stronzo, Dee. Nutre grande rispetto per le donne… a modo suo. Gli piace divertirsi, non impegnarsi. Non arriverebbe mai al punto di farle stare male, di ferire i loro sentimenti, soprattutto… Gesù, soprattutto se si tratta di Kate».

«E invece sì!».

Scuoto la testa. «Kate deve aver capito male».

Per un attimo si limita a fissarmi. Mi scruta dall'alto in basso, come se mi stesse vedendo per la prima volta. Poi la sua espressione cambia, e dalla rabbia passa alla fredda incredulità.

«Lo stai difendendo?», sussurra in tono minaccioso.

«È il mio migliore amico. Certo che lo sto difendendo!».

Alza il mento, come per incassare un colpo troppo forte. Poi mi urla: «Bene, allora vai a farti fottere anche tu!».

«Come, scusa?»

«Se pensi non ci sia nulla di sbagliato in quello che ha fatto, allora non sei la persona che pensavo tu fossi. Non ti ci avvicini neanche».

Allora strillo: «Stai dicendo davvero?»

«Sì! Una stupida, ecco cosa sono stata. Pensare di poter credere… Non avrei dovuto perdere tanto tempo. È finita, Matthew. Non venire più da me, non chiamarmi! Tu e quello stronzo del tuo amico state lontani da noi!».

Le sue parole sono come una mazzata sullo stomaco. Sono strazianti. Violente. Esasperate. L'invettiva di Dee continua, ma ormai non la ascolto più. La sola cosa a cui penso è quanto sono stato stupido.

Cieco.

Ancora.

È quasi divertente, in una maniera tragica e ironica. Dee mi aveva detto più di una volta che non ce l'avrebbe fatta. Che con lei una relazione non finisce mai bene. Ma io non ho ascoltato. Ho sentito quello che volevo sentire e ho creduto che avrei potuto farle cambiare idea. Ho creduto che se io fossi stato abbastanza convincente, affabile, lei si sarebbe resa conto che potevamo essere una bellissima coppia.

Che coglione.

Non è stato poi così diverso dalla storia con Rosaline. Le bandiere rosse non saranno state sventolate per gli stessi motivi, ma comunque erano lì. E io non le ho viste.

«Dannazione!». Do un calcio al tavolino del salotto, ma non si rompe. Allora lo colpisco di nuovo, finché non riesco a romperlo. La gamba cede e la superficie di vetro si frantuma sul pavimento, interrompendo di colpo lo sbraitare di Delores.

Fa due passi indietro, con un'espressione cauta, quasi timorosa di aver tirato troppo la corda. Non sopporto che lei abbia questa paura, ma sono troppo incazzato, troppo contrariato con lei per fermarmi. Perciò esplodo.

«Dici che Kate ha una maschera da dura, ma un animo gentile? E tu, cosa vedi quando ti guardi allo specchio, Dee? Sei terrorizzata, non sei nient'altro che una bambina impaurita. Preferisci restare sola e credere che sia stato per tua scelta, piuttosto che provare qualcosa di meglio. Qualcosa che sarebbe potuto essere meraviglioso. Ho fatto i salti mortali per te! Sono stato intere settimane a camminare sulle uova, per paura di spaventarti! E cosa ho ottenuto? Niente di niente! Vuoi mollarmi? Sono *io* che mollo te! Perché non ne vale la pena».

Non sembra più arrabbiata. Sembra… triste.

Riprendo fiato e mi passo una mano tra i capelli. E poi comincio a ridere di me stesso, perché sono un idiota. Faccio pena. «Avevo programmato tutto. Avrei voluto portarti a fare una passeggiata sul lungomare e vincere un orsacchiotto di pezza per te. Pensavo di dirti che sei la donna più incredibile, più bella, più fantastica che avessi mai conosciuto. E avrei voluto dirti che sono davvero innamorato di te. E ora… non posso più dire niente di tutto questo». Scuoto la testa. «Perché stai solo aspettando… cercando una scusa… perché io non riesco ad amare una donna che vuole solo scappare via».

Adesso la sua voce è calma. Pacata. «Te l'avevo detto… te l'avevo detto che non ero adatta per queste cose».

La mia voce è fredda. «Sì, be', penso proprio di crederti, finalmente».

Guardo negli occhi ambrati di Dee. Occhi che hanno sempre parlato tanto, senza che avesse bisogno di dire una parola. Poi le volto le spalle. «Vai via, Dee. Vattene, è quello che hai sempre voluto fare fin dal primo giorno».

Sento il suo respiro. Resta immobile. Poi sento i suoi passi. Si fermano davanti alla porta, e per un meraviglioso, intenso momento, penso che abbia cambiato idea.

Poi sospira: «Arrivederci, Matthew».

Non le rispondo, neanche mi giro. Finché non sento la porta chiudersi dietro di lei.

Capitolo 17

«Cazzo!».

Passo la mezz'ora successiva all'abbandono di Dee a imprecare, a camminare avanti e indietro e a prendere a calci tutto quello che mi trovo davanti, incazzato con il mondo intero.

«Merda!».

Sono arrabbiato con me stesso per aver mandato tutto a puttane, per aver perso tutta la pazienza e l'autocontrollo, e anche per quella prima volta che ho messo gli occhi su Dee. L'autoflagellazione continua con fervore e creatività, senza senso, perfino ai miei occhi.

Sono infuriato con Delores perché non si fida di me, perché non ha mai fatto un cazzo di tentativo. Per non aver creduto che per una storia come la nostra valesse la pena correre il rischio. Per avermi ritenuto un rischio troppo grande, mentre io cercavo di fare il possibile affinché lei si fidasse di me.

Ma soprattutto sono incazzato con Drew, ma non so ancora per quale motivo. Forse avrà davvero scaricato Kate nella maniera in cui ha detto Dee. E se l'ha fatto è stata una mossa da stronzi. Una mossa che si è ingiustamente rivoltata contro di me. E sono incazzato per il fatto stesso che Drew ha scopato con Kate, rompendo così la sua preziosissima regola numero uno che, se aveva, ci sarà pur stato un motivo. Ed ecco il *motivo*: come la bomba di un kamikaze, un gesto del genere avrebbe avuto conseguenze su tutti quelli che gli sono vicino.

E poi sono furioso perché Drew ancora non ha preso in mano quel cazzo di telefono per chiamarmi e farmi sapere cosa diavolo è successo.

«Maledizione!».

I ragazzi non sono dei chiacchieroni. Il telefono non è un bisogno primario per noi, a meno che non si tratti di accordarci per un appuntamento o di parlare del punteggio della partita di baseball. Ma questo è uno di quei momenti in cui io *devo* parlare con Drew. E lui è latitante.

Al telefono mi risponde Erin, la sua segretaria, che è ancora in ufficio. Mi dice che nel pomeriggio è andato a casa perché non si sentiva bene, forse ha l'influenza.

Perfetto. Dannazione.

Vaffanculo. Lancio il telefono, prendo le chiavi e corro a casa di Drew, per sentire la storia direttamente dalla bocca di quello stronzo.

Ma quando arrivo non risponde.

Busso, tiro pugni alla porta per la terza – o tredicesima – volta. «Drew! Apri questa cazzo di porta! Che diavolo è successo oggi? Drew!».

Niente. Mi fermo e mi metto in ascolto di qualche segno di vita all'interno, ma c'è soltanto silenzio. Né suono di passi né rumore di molle del divano. C'è una buona probabilità che non sia neanche in casa. Il che significa che per ora la fortuna non mi assiste.

Con il respiro affannoso mi allontano dal palazzo. Salgo sulla moto e corro, veloce e determinato. Forse non è una buona idea in questo momento, ma è lo stesso, chi se ne importa. Supero la galleria e imbocco l'autostrada, dove il traffico per fortuna è scarso.

Poi mi metto a correre come un pazzo. Il vento è freddo e aspro, il viso diventa insensibile. Ma va bene. Perché non sentire niente è meglio che sentire il vuoto. Vuoto lasciato da quello che avevamo io e Dee, da tutto quello che avremmo potuto avere.

Corro per ore. Cerco di scappare, di dimenticare questo giorno... e tutte le quattro settimane appena trascorse.

Parcheggio la moto nel garage e scendo, sono irrigidito e praticamente congelato. Non mi ero reso conto di sperare che Delores fosse lì ad aspettarmi. Che si fosse resa conto di aver fatto un terribile errore e che si presentasse davanti alla mia porta per supplicarmi e scusarsi. *Soprattutto per supplicarmi.*

Invece, quando raggiungo la porta del mio appartamento e vedo che lei non c'è... capisco che era proprio quello che speravo.

La delusione è devastante.

E cresce quando controllo le chiamate perse sul telefonino e vedo che nessuna è da parte di Dee.

Ma non penso di chiamarla.

Sono frustrato, mi manca, ma non la chiamerò. Non le correrò dietro. Non questa volta. Mai più, se è per questo.

Nemmeno Drew mi ha richiamato. Non vedo l'ora di andare al lavoro domani, quando lo vedrò, saprò cosa è successo e... molto probabilmente gli darò un pugno su quella faccia da idiota. Così mi sentirò meglio.

Non vi preoccupate, non gli farò molto male. Anche

se non è allenato quanto me, non è un pappamolle. È in grado di difendersi. E nonostante la mia relazione con Delores, la nostra amicizia sopravvivrà. Un paio di cazzotti tra amici non è una cosa grave.

Non ho appetito, quindi salto la cena. Faccio una doccia e crollo sul letto, nudo e fradicio. Ma appena affondo il viso nel cuscino, sento il suo profumo. Il profumo dolce e speziato della sua pelle, dei suoi capelli – mela e cannella – si distingue bene.

Mi fa male il petto.

Invece di alzarmi e andare a dormire sul divano, cosa che dovrei fare, stringo il cuscino ancora di più e, avvolto dai ricordi di Dee, mi addormento.

Patetico, vero?

Sì, sono d'accordo, dannazione.

Il martedì mattina trascino il culo al lavoro – imbronciato, in disordine, mi sento di merda – anche se ho dormito come un sasso. Lì, vengo a sapere dello spettacolino che Billy Warren ha messo in piedi per Kate all'ingresso, e mi domando se sono tornati insieme. In quanto a gesti eclatanti, non esiste niente di più clamoroso di una serenata in un atrio pieno di fiori. Ma se Kate fosse tornata con Billy, perché dovrebbe fregargliene qualcosa di quello che Drew prova per lei?

Mentre la giornata trascorre di merda, cerco di vedere se Drew appare da qualche parte. Niente. Mi domando se sia davvero malato. Oppure se quello che è successo tra lui e Kate, e la possibilità che lei sia tornata dritta dritta dal suo ex, lo abbia colpito molto più di quanto si aspettasse.

Passo la giornata occupato in congetture... quindi non ho tempo di pensare a Dee. Ma prima o poi la mia mente troverà una via di fuga per tornare a pensare a lei.

Tanti pensieri che mi riempiranno di dolore.

Dove sarà, come si sentirà. Se c'è la probabilità che lei stia male quanto me.

Erin convoca Steven, Jack O'Shay e me per chiederci di sostituire Drew, dato che non verrà. Come il loro uomo di riferimento, i clienti di Drew sono isterici e tendono a dare di matto se non c'è lui lì a tenerli per mano. Prendo un paio delle sue pratiche perché, anche se in questo momento penso che sia una testa di cazzo, non ho intenzione di stroncargli la carriera.

Il lavoro extra fa passare la giornata in modo più veloce e prima che me ne renda conto è già ora di andare. Vado in palestra – anche se mi sento di merda – e mi immergo in una sessione brutale di allenamento e combattimenti liberi.

Perché è questo che fanno gli uomini quando si sentono feriti. Puniscono se stessi o – come il capo che abbaia nella speranza di essere assecondato – chiunque sia vicino a loro.

Dopo la palestra, mi fermo di nuovo da Drew, sono più calmo della sera precedente. Continua a non rispondere, ma questa volta sento il televisore acceso. Mi pare che stia guardando *Anchorman: la leggenda di Ron Burgundy*.

Busso forte alla porta. «Apri, cazzone».

L'unico suono che sento in risposta è il ruggito di Sex Panther – una sequenza epica del film. Busso di nuovo. «Dài, stronzo. Non sei l'unico che ha dei problemi, sai?».

Quando vedo che continua a non rispondere, inizio a preoccuparmi sul serio.

«Drew, devi darmi un segno di vita a questo punto. Altrimenti inizierò a pensare che stai morendo e chiamerò il 911».

Passa un minuto. Poi un altro. E proprio quando sto per prendere il telefono, qualcosa colpisce la porta dall'interno. Come se qualcosa vi fosse gettato contro con proposito. Forse una palla da baseball.

Bam.

«Drew? Sei tu?».

Bam.

«Vuoi che sfondi la porta?».

Bam... Bam.

Rimango a pensare per un attimo. Poi, tanto per essere sicuro, chiedo: «Quindi, è un colpo per "sì", due per "no"?».

Bam.

Penso a cosa posso fare in una situazione simile. Mi siedo sulla soglia e mi appoggio alla porta. Inizio a parlare, gli faccio domande alle quali possa rispondere sì o no – mi sento un idiota. Come un adolescente di un film dell'orrore, che comunica con l'aldilà con una tavola Ouija, troppo deficiente per ricordare che questo genere di interazioni non finiscono mai bene.

«Erin mi ha detto che le hai mandato un SMS. Hai davvero l'influenza?».

Bam.

«Tu e Kate siete stati insieme lo scorso fine settimana?».

Bam.

«Era davvero brava quanto pensavi?».

Bam... Bam.

Voi potreste essere confusi da questa risposta. Ma io no.

«Ancora meglio?».

Segue una pausa carica di significato. E poi… *Bam.*

«Ti sei comportato da coglione con lei, dopo?».

Bam… Bam.

No. Allora Dee ha capito male. Ma, dopo un po', Drew elabora la risposta. Più o meno.

Bam.

No e sì. Drew si è comportato da coglione con Kate… ma lo ha fatto per qualche motivo. Continuo.

«Delores ha rotto con me. Per il modo in cui hai trattato Kate. E io ero pazzo di lei, amico. Io… mi sono innamorato di lei». Alzo la voce. Con tono irritato. «Te ne importa qualcosa? Sei in qualche modo dispiaciuto?».

Ancora un'altra pausa carica di riflessione. Poi… *Bam.*

Nonostante mi faccia piacere sapere che è dispiaciuto, la cosa non mi aiuta per niente. La questione fondamentale è che non è stata colpa di Drew se io e Dee abbiamo rotto.

È stata tutta colpa nostra. La sua mancanza di fiducia nei miei confronti… il mio rifiuto di continuare a provare a conquistare la sua fiducia.

Qualunque cosa Drew abbia detto a Kate, lui ci sta male di sicuro. Quindi lo tolgo dal banco degli imputati. «La verità è che non è stata colpa tua. Avevamo dei… problemi. Pensavo che avremmo potuto superarli ma… lei non l'ha voluto quanto me. Sai come vanno certe cose».

Bam.

«Hai intenzione di restare chiuso lì per sempre?».

Bam… Bam.

«Ti serve qualcosa? Posso fare qualcosa per te?».

Bam… Bam.

Annuisco, anche se posso vederlo soltanto io. «Vuoi che torni domani?».

Silenzio per un po', credo che ci stia pensando. Poi risponde.

Bam.

Torno a casa e non faccio altro che guardare la TV per il resto della serata. Il mio viso ha una sola espressione: torva. Mentre faccio zapping, va in onda una di quelle pubblicità lunghissime che reclamizzano la più straordinaria collezione di capolavori soft rock degli anni Ottanta. E *One More Night* di Phil Collins irrompe a tutto volume, con le parole che si susseguono forti e chiare. È la strofa in cui lui si sta chiedendo se sia il caso di chiamarla.

È come un fottuto film di fantascienza, sembra che la TV mi legga nella mente. Fisso il cellulare e rimango in contemplazione.

Cerco di infondergli la mia volontà, alla maniera dello Jedi.

Squilla, bastardo. Squilla.

Lo prendo, passo le dita sulla tastiera. Compongo nove delle dieci cifre del numero di Dee…

Finché la strofa successiva della canzone mi fa notare che, forse, non è sola.

Lancio il telefono come fosse una pietanza bollente appena uscita dal microonde. Poi sprofondo con la faccia contro un cuscino del divano e grido: «Accidenti a me!».

La musica della pubblicità cambia. Ora va in onda *Against All Odds*, una canzone che parla di un tipo che avrebbe tante cose da dire a una ragazza, ma lei non si degna neanche di ascoltarlo.

Voglio dire, qualcuno deve aver davvero distrutto Phil Collins. Più di una volta.

Canto qualche strofa della canzone, tanto ci siamo soltanto voi e io qui. E per una canzone degli anni Ottanta è la situazione ideale.

Ed ecco che arriva *Total Eclipse of the Heart*, sentite. Questa completa la triade delle canzoni struggenti e che inducono al suicidio della musica anni Ottanta.

Già.

Scusatemi, vado in bagno a tagliarmi le vene.

Capitolo 18

Il mercoledì mattina c'è una riunione nella sala conferenze. Me ne sto seduto lì in stato comatoso, sento soltanto qualche parola di sfuggita. Quando la riunione è finita escono tutti, tranne Kate, che resta al tavolo a riordinare e organizzare una pila di documenti e cartelline.

È la migliore amica di Delores – e sì, questo significa che c'è un codice di sicurezza. Impenetrabile come il muro del silenzio. Ma a questo punto non ho niente da perdere.

«Ehi».

Mi sorride. «Ciao, Matthew».

«Lei... parla di me qualche volta?», dico senza troppi giri di parole.

Kate resta con gli occhi abbassati sul tavolo della sala conferenze. «Neanche una parola».

Già, dannazione, che botta.

Ma ancora non perdo tutte le speranze. «Mi pensa?».

Kate mi guarda negli occhi mostrandomi compassione; è triste. Non so se sia triste per me o per Delores. Sospira. «Ogni giorno. Ogni momento. Non l'ha superata, è davvero... triste, e guarda dei film. Non lo ammetterà mai, ma io so che è per causa tua».

Be', almeno è qualcosa. La commiserazione ama la compagnia, e quella di Delores mi dà sollievo. Mi rassicura. Almeno non sono solo.

«Matthew, ma perché non la chiami? Le coppie litigano a volte, non significa che debba finire per forza».

Sto già scuotendo la testa. «Non posso. A Delores piace essere inseguita, l'ho capito. Ma a questo punto deve smetterla di scappare e farsi prendere. Mi sono fatto in quattro per lei, per dimostrale quanto è importante per me. Che ci sarò sempre se vuole. Ma ora tocca a lei. Deve dimostrarmi che anche lei lo vuole».

L'orgoglio non è sempre un difetto. A volte è un pregio che ti salva dal rischio di fare la figura del coglione, evitandoti di apparire come lo zimbello della situazione, ma altre volte rischia di fartici diventare.

«Sono stato con una persona che… voleva qualcos'altro. *Qualcun* altro. Non ci cascherò un'altra volta».

Kate annuisce, sorridendo leggermente. «Va bene. Per quello che può valere, spero che Dee recuperi presto il buonsenso».

«Grazie».

Faccio un paio di passi verso la porta. Ma poi mi fermo. Perché, anche se non sono riuscito a vederlo, sento che Drew sta soffrendo, che si sta leccando le ferite.

Ferite mortali.

E la mia impressione è che Kate stia soffrendo nella stessa maniera, è soltanto più brava a nasconderlo.

«Senti, Kate… per quanto riguarda quello che è successo tra te e Drew…».

L'espressione gentile scompare dal suo viso. Lo sguardo si indurisce, serra le labbra e taglia il mio discorso in modo deciso. «Non farlo, Matthew. Non… non farlo».

Credo che Drew non sia il solo a mantenere il riserbo sulla faccenda.

«Va bene». Le metto una mano sulla spalla. «Buona giornata».

Sorride con riluttanza mentre vado verso il mio ufficio.

La sera vado da Steven e Alexandra per stare con Mackenzie mentre loro vanno al cinema. Lexi apre la porta, mi guarda in faccia più a lungo del solito, poi guarda alle mie spalle. Vede che non c'è nessun altro e assume un'espressione compassionevole.

Mi abbraccia forte e dice: «Sai com'è, Matthew, succede quando si è troppo diversi».

Deglutisco a fatica. «Sì, lo so, Lex».

Non c'è tempo per la sagra del compatimento, perché una nuvola bionda volteggia per il corridoio con indosso una camicia da notte blu principesca e un orsacchiotto soffice in mano e si precipita ad abbracciarmi le ginocchia. «Sei arrivato!».

Mi chino e la prendo in braccio. «Ehi, principessa».

«Ti va di giocare alla festa del tè, zio Matthew? Tu eri Bruce Annoluce e io ero Madama Nesbit».

«Sarà la festa più divertente di tutta la settimana per me».

Mi ricompensa con un bellissimo sorriso sdentato. E per la prima volta dopo tanti giorni, il peso che ho sul cuore sembra un po' più leggero.

Steven aiuta Alexandra a infilare il cappotto, poi entrambi danno il bacio della buonanotte a Mackenzie.

«A letto alle otto», mi informa Alexandra. «Non farti convincere a mandarla a dormire più tardi».

«Non sono sicuro di poter resistere a quegli occhi blu da cucciola».

Sorride. «Sii forte».

Escono e chiudo la porta dietro di loro. Per un'ora e mezza, gioco alla festa del tè con Mackenzie. E con le Barbie. Poi facciamo un muro con le costruzioni e lo buttiamo giù con la sua piccola Hummer telecomandata. Poco prima di andare a letto tiriamo qualche canestro al cesto da basket della Fisher Price che le avevo regalato per il suo compleanno.

Dopo essersi infilata nel letto, mi chiede di leggerle una favola e mi porge un libricino della Disney che tiene sotto il cuscino.

Cenerentola.

Mackenzie abbraccia il suo orsacchiotto e mi guarda con gli occhi assonnati che si chiudono in continuazione. Quando arriviamo al punto in cui il principe azzurro si dichiara, mi chiede: «Zio Matthew?»

«Mmm?»

«Perché Cenerentola non va direttamente dal principe con la scarpetta di cristallo? Perché non gli dice semplicemente: "Sono io"? Perché è stata lì ad aspettarlo?».

Rifletto sulla sua domanda e non posso fare a meno di pensare a me e Delores.

«Forse... forse Cenerentola non era sicura di cosa provasse il principe per lei. Magari voleva che fosse lui ad andare da lei, per essere certa che lui l'amava».

Una cosa di una tristezza infinita. Parlare della mia vita sentimentale con una bambina di quattro anni!

Come sono caduto in basso.

Mackenzie fa sì con la testa e io riprendo a leggere. Fino a che...

«Zio Matthew?»

«Sì?»

«Come faceva il principe a non sapere che lei era Cenerentola? Se l'amava, se lo sarebbe ricordato com'era fatta, no?».

Ripenso al sorriso beffardo di Dee, alle sua labbra perfette, al calore a alla tenerezza dei suoi occhi quando si svegliava vicino a me, a com'era accarezzarle una guancia – come toccare il petalo di una rosa.

La mia voce si fa profonda quando le rispondo: «Sì, Mackenzie. Se fosse stato innamorato, non avrebbe dimenticato che aspetto aveva. Mai».

Fa un lungo sbadiglio con la bocca spalancata. Poi si gira su un fianco e si rannicchia.

Con un sospiro assonnato, commenta: «Penso che zio Drew abbia ragione. Il principe azzurro è davvero un coglione».

Queste sono le ultime parole che pronuncia prima di salpare verso il mondo dei sogni.

Il giovedì, al lavoro, mio padre si ferma davanti al mio ufficio e mi informa che mia madre vuole che vada a cena da loro. Dire di no a mia madre sarebbe un'offesa enorme, e l'ultima cosa che voglio è finire nella lista nera.

Arrivo puntuale alle cinque e mezza. I miei abitano in una casa di arenaria su più piani, costruita negli anni Venti, con modanature originali, tre camini decorati, quattro camere da letto, un salone, uno studio, una stanza della musica, una dispensa e una grande sala da pranzo in stile classico.

Gli serve davvero tutto questo spazio? No. Ma non hanno nessuna intenzione di traslocare. Soprattutto da quando sono andato via di casa e, come dice sempre mia madre, hanno ricominciato a *divertirsi* di nuovo.

Immagino che fra non più di un paio d'anni avranno bisogno di una di quelle sedie automatiche per andare al piano di sopra.

Sarah, la governante che lavora per i miei genitori da anni, viene ad aprirmi, e quando entro nel salone trovo mia madre a bere un bicchiere di sherry vicino al camino acceso.

Appena mi vede, sorride e si alza per venirmi ad abbracciare forte. «Ciao, tesoro. Sono proprio felice che sia venuto». Mi guarda. «Sembri stanco. Devi aver lavorato molto».

Le sorrido. «No, mamma, non sono stanco, davvero».

Ci mettiamo a sedere, mi racconta dei crisantemi che sta coltivando e delle ultime novità al country club. Quando mio padre esce dallo studio, capisco che la cena è pronta.

Il tavolo della sala da pranzo non è tanto grande – sei posti – ma mio padre mangia seduto a uno dei posti a capotavola, mentre continua a leggere il giornale, mia madre all'altro capo e io in mezzo.

Mentre taglia a pezzetti un cordon bleu, mia madre mi chiede: «Frequenti ancora quella ragazza che era alla festa aziendale? Mi piace molto, Matthew. Così piena di spirito. Vero, Frank?»

«Cosa?»

«Quella ragazza che Matthew ha portato alla festa aziendale, ci è piaciuta, vero? Come si chiama? Deanna?»

«Delores», mormora mio padre, dando prova di ricordare molto bene tutto quello che succede intorno a lui.

A volte credo che faccia soltanto finta di essere distratto – e sordo – per non dover partecipare a conversazioni che non gli interessano.

È un trucchetto utile.

Mi sforzo di mangiare, malgrado il nodo che sento in gola. «No, mamma, tra me e Dee… non ha funzionato».

Fa un verso di disappunto. «Oh, che peccato».

Beve un sorso di vino. «Vorrei soltanto vederti sistemato, tesoro. Nessuno di noi è più giovane, ormai».

Eccoci.

Mia madre è bella, buona e cara, ma è pur sempre una madre.

Il che significa che adesso inizierà a dirmi quanto io abbia bisogno di una donna che si prenda cura di me, e di voler vedere i suoi nipoti prima di morire.

È una conversazione che abbiamo già avuto altre volte.

Si china verso di me e in un tono complice mi chiede: «Era… un problema di sesso?».

Sento il boccone che mi blocca l'esofago. Mi do qualche colpetto, ma la mia voce resta strozzata quando dico: «Cosa?».

Si risistema sulla sedia. «Non c'è niente di cui vergognarsi, Matthew. Ti ho pulito il sedere, non c'è ragione per cui non possiamo affrontare una discussione da adulti sulla tua vita sessuale».

«Ti ho pulito il sedere» e «vita sessuale» non dovrebbero mai, *mai*, essere parole pronunciate nella stessa frase. A meno che non ti chiami Woody Allen.

Mi schiarisco la voce ancora una volta. Ormai ho la gola in fiamme. «No, mamma. Ce la cavavamo bene da quel punto di vista».

«Sei sicuro? Alcune donne hanno difficoltà a esprimere quello che piace loro…».

Non posso credere che stia succedendo.

«…a dire quello che desiderano. Al circolo del libro stiamo parlando di un romanzo che tratta proprio questo argomento. *Cinquanta sfumature di grigio.* Vuoi prendere in prestito la mia copia, Matthew?».

Bevo un lungo sorso d'acqua. «No, l'ho già letto, grazie mamma».

Il fatto che la mia cara, dolce mammina abbia letto quel libro, comunque, mi procurerà tanti incubi.

Mi dà un colpetto sulla mano. «Va bene. Fammi sapere se cambi idea. Quel signor Gray è davvero creativo in fatto di bondage».

Grazie al cielo, la conversazione durante il resto della cena verte su argomenti meno imbarazzanti.

Dopo aver ripulito i piatti, mi alzo e do un bacio sulla guancia a mia madre. «Buonanotte, mamma. E… grazie… per i tuoi consigli».

Sorride. «Buonanotte, tesoro».

Mio padre si pulisce la bocca e butta il tovagliolo sul piatto. «Ti accompagno fuori. Mi fumo una sigaretta».

Mio padre fuma da quando sono nato, ma lui non sa che fumo anch'io. Non ha importanza che io abbia tredici o trent'anni, se lo dovesse scoprire mi spezzerebbe le dita.

Scendiamo le scale e ci fermiamo sulla porta aperta, dove accende la sigaretta. L'odore della sua acqua di colonia misto a quello della sigaretta è una fragranza familiare. E stranamente… rassicurante.

«Che ti succede?», domanda con la sua voce roca di

uomo anziano. «Negli ultimi giorni ti ho visto andare in giro con la stessa faccia di quando abbiamo dovuto far sopprimere King».

Avete capito? Sarà anche un tipo che non parla molto, ma è così soltanto perché è troppo impegnato a sentire, a vedere – e a fare finta di non sentire né vedere niente.

Tiro un calcio a un sassolino davanti alla soglia. «Sto bene, papà».

Sento i suoi occhi su di me. Mi sta scrutando. «No, invece». Spegne la sigaretta nel portacenere con la sabbia. «Ma starai meglio, un giorno».

Poi mi abbraccia.

Forte, come un orso. Allo stesso modo in cui mi abbracciava quando ero piccolo, prima di partire per qualche viaggio di affari.

«Sei un bravo ragazzo, Matthew. Lo sei sempre stato. E se lei non lo vede, allora non ti merita».

Lo abbraccio anch'io perché… ne ho un disperato bisogno. «Grazie, papà».

Ci separiamo. Mi gratto il naso e lui mi dà una pacca sulla spalla.

«Ci vediamo in ufficio».

«Buonanotte, figliolo». Poi chiude la porta alle mie spalle.

Non vado subito a casa. Cammino per diversi isolati, cercando di non pensare – o vedere – il viso di Dee che mi torna in mente a ogni passo. Prendo la strada per andare da Drew.

Il portiere mi saluta, e quando arrivo al piano attico, mi siedo nel corridoio con la schiena appoggiata contro la porta.

Non sono del tutto sicuro che mi stia sentendo, ma ho la sensazione che sia così.

E mi metto a ridere. «Amico, spero proprio che tu stia seduto, perché non potrai mai credere alla conversazione che ho appena avuto con mia madre...».

Il venerdì è una giornata terribile. Il fatto è che... mi manca. Una sensazione forte e costante. I ricordi, il suo viso, sono nella mia mente, ogni secondo, sono lì a tormentarmi. Non riesco a concentrarmi, non mi va di mangiare. Sento il corpo grosso e pesante e il petto mi fa male come se avessi uno strascico di bronchite. Mi manca tutto di lei. Le sue risate, le sue teorie ridicole, e sì – non voglio dirvi bugie – le sue tette stupende. Mi ero abituato a dormire accanto a Dee, o sopra di lei, con i corpi avvinghiati e la testa affondata tra i suoi seni morbidi.

Il mio dannato cuscino non è per niente paragonabile.

Quello che mi serve davvero è fare sesso. Potrà non piacervi quello che dico, ma è la verità nuda e cruda.

Quando la vostra macchina non cammina più, vi sedete forse su quei sedili a ricordare tutte le volte in cui vi ha portato al lavoro, o a casa di un amico, o a fare un bel viaggio? Certo che no. È da stupidi. La cosa logica da fare, l'unica cosa da fare, è andare a comprare un'altra macchina. È la sola maniera che vi consentirà di tornare a muovervi.

Per un uomo o una donna fare sesso dopo la fine di una storia è un po' la stessa cosa. Ti fa sentire bene, anche se soltanto per un po', e ti ricorda che la vita non è finita. Il mondo non si ferma perché hai chiuso una relazione. Un attimo di benessere infonde un po' di fiducia nel domani. In un futuro non immerso nella frustrazione.

Ma non appena mi balena l'idea e capisco che è una cosa che dovrei fare... non voglio farlo. Non ho voglia di scopare nessun'altra che non sia Delores Warren. E a dirla tutta, c'è una piccola e vigliacca parte di me che ha paura di farlo. Che è spaventata al solo pensiero.

È la stessa parte che cede alla delusione ogni volta che torno a casa e non la trovo. La parte che pensa ancora che ci sia la possibilità che lei ripensi a quanto stavamo bene insieme, a quanto è innamorata pazza di me, e spera ancora nella possibilità che un giorno tornerà da me di corsa. E se una o tutte queste ipotesi dovessero avverarsi, non vorrei mai darle la notizia che, nel periodo in cui ci eravamo lasciati, ho fatto sesso con un'altra donna. Giusto o sbagliato, la fiducia acquisita agli occhi di Delores andrebbe in frantumi in un attimo. Pertanto, morale della favola, non è un rischio che voglio correre, non per una tipa qualunque che neanche desidero.

Il sabato non va meglio. Jack mi supplica di uscire con lui, si lamenta perché si sente trascurato, gli manca la sua spalla.

Ma a me non va proprio.

Invece, prendo una cassa da sei bottiglie di birra e una pizza e organizzo un patetico picnic davanti alla porta di casa di Drew. Per la maggior parte del tempo parlo da solo, lui si limita a "sbattere" la sua risposta quando gli chiedo se è ancora vivo. Sento che si è messo a vedere *Due pattini per la gloria*.

Come va a finire la vicenda di Will Ferrell? In maniera assurda.

Comunque, dopo aver mangiato la pizza e sto per finire

l'ultimo fondo di birra, appoggio di nuovo la testa contro la porta, un po' stordito, e inizio una tirata filosofica. Parlo di quel fine settimana, quando eravamo piccoli, in cui mio zio portò me, Drew e Steven a campeggiare nella sua baita sui monti Adirondack.

Steven è allergico alla linfa della quercia, quella volta gli venne un eritema spaventoso.

Ma questo non gli impedì di partecipare con noi alla caccia al tesoro. Mio zio ci diede una mappa, disegnata da lui e mio padre quando erano bambini, che conduceva a una scatola di dollari d'argento che avevano pensato fosse una grande idea seppellire.

Durante i primi tre giorni lassù, ci impegnammo nella caccia al tesoro. Ma poi… come fanno tutti i bambini… decidemmo di rinunciare. Iniziammo quindi ad arrampicarci sugli alberi, a darci il tormento a vicenda con i bastoncini e a guardare le ragazze del college vicino che andavano a fare il bagno mezze nude nel lago.

Ripenso a quei giorni e, ovviamente, a Delores – sempre lei. E domando, con tristezza: «Pensi che se avessimo tenuto duro un po' di più, se avessimo cercato con più attenzione, se ci avessimo provato con più tenacia ce l'avremmo fatta a trovare il tesoro, Drew?».

Non risponde. Mi rendo conto di essere completamente ubriaco. Quindi, raccolgo le mie cose e vado a prendere un taxi per andare a dormire.

E, come ogni notte, sogno Dee.

Capitolo 19

Quando un uomo si prende cura del proprio cuore infranto, può assumere tre tipi di comportamento: o beve, o scopa, o combatte. A volte tutti e tre in una sola notte.

Sono sei giorni che non vedo Delores e non ho fatto sesso con nessun'altra. Ho bevuto pochissimo. Ma sono più che pronto a combattere. Sono andato in palestra tutti i giorni, allenandomi più duramente del solito, nel tentativo di incanalare i sentimenti, il fatto che mi manca, in qualcosa di positivo.

La domenica pomeriggio, non appena entro in palestra, la prima faccia che vedo è quella di Shawnasee. Ve lo ricordate, no? Quel coglione di cui vi ho parlato tempo fa, il tipo che ha proprio bisogno di una bella lezione?

Sembra che oggi sia il suo giorno fortunato.

Mi rivolge un ghigno minaccioso. «Vuoi combattere, o vuoi fare la figura della femminuccia un'altra volta?».

Sento uno strappo dentro di me – come quando l'incredibile Hulk si strappa la maglietta – quindi rispondo: «Combattiamo».

Non vedo l'ora di salire sul ring. Di colpire qualcosa, sfogare la frustrazione, il senso di colpa e tutti i sentimenti negativi che ho covato per sei giorni. Saltello sulle punte dei piedi e giro la testa a destra e a sinistra, facendo scrocchiare il collo. Poi mi abbasso per passare sotto le corde del ring, sbatto i guantoni l'uno contro l'altro e vado verso il centro.

Shawnasee è già lì che mi aspetta, sembra sicuro di sé e impaziente. Ronny si mette tra noi e recita le solite regole sul combattimento corretto e la lealtà nello sport. Torniamo ognuno nel proprio angolo a riscaldarci.

Suona il gong.

Vado verso di lui, scattante e determinato, ma non ci sto con la testa.

Se volete sapere la verità, non mi va per niente di combattere.

Perché non sono affatto concentrato sul mio avversario, bensì sull'ingiustizia della vita. Sull'amarezza di dover aspettare qualcosa, qualcuno, che non mi vuole quanto lo voglio io.

In questo momento sono concentrato sul dolore e sul mio cuore spezzato, e spero che fare a pugni me ne liberi.

Io e il mio avversario ci stiamo muovendo in cerchio, schivandoci a vicenda… quando il movimento alla porta d'ingresso mi distrae. Dimentico il gioco di gambe, la guardia, i montanti, i ganci e i movimenti del torso.

Perché, in piedi sulla soglia c'è Delores Warren.

In un nanosecondo la sua immagine è impressa nella mia mente: i capelli raccolti in una coda di cavallo che lascia scoperto il suo bellissimo viso acqua e sapone, la maglietta bianca annodata su un fianco, i jeans elasticizzati e le Converse nere ai piedi.

Non ho il tempo di salutarla o chiederle come mai è qui.

Perché subito dopo averla vista, il pugno di Shawnasee mi colpisce sul mento come il martello di Thor.

Sento il rumore dei miei denti che sbattono, mentre la testa va all'indietro, gli occhi si chiudono e stramazzo al suolo.

Non so per quanto tempo resto privo di sensi, ma dev'essere stata questione di pochi secondi. Quando riapro gli occhi, il viso stravolto di Ronny è a pochi centimetri dal mio.

Ho la vista annebbiata, i colori e le luci sono deformati e confusi. Mi fischiano le orecchie, come un segnale d'interferenza.

Mentre giaccio frastornato sento la voce di Ronny: «Fisher! Mi senti, Fisher?».

Sbatto le palpebre e tento di rispondere, ma le mie parole sono incomprensibili, come se parlassi sott'acqua. «Sì, ti… ti sento».

«Riesci a vedermi bene?»

«Certo, Ronny. Vi vedo tutti».

Ronny si gira e parla con qualcuno vicino a lui. Riesco a cogliere soltanto alcune parole: «…commozione cerebrale… ospedale». Poi si rivolge di nuovo a me: «Ti devo tirare su, Fisher».

Le mie gambe non credono che sia una buona idea.

«Preferisco rimanere qui, se per te è lo stesso».

«Devi alzarti, Matthew».

No. Le mie gambe continuano a ripetere: vai a farti fottere.

«Non credo di riuscirci».

Poi la vedo. È inginocchiata vicino a Ronny, vicino a me. La sua mano calda mi accarezza il bicipite nel punto in cui la maglietta finisce. E sussurra: «Reagisci, brutto figlio di puttana, perché Mickey è con te».

All'improvviso sento un nodo alla gola. Non a causa della commovente battuta del film, ma per il significato di quelle parole.

Per quello che vogliono dire per noi.

«Hai visto *Rocky V*?».

Delores annuisce. «Li ho visti tutti. La morte di Mickey è stata la scena più triste che abbia mai visto, dannazione».

Poi scoppia a piangere.

Non cerca di nasconderlo. Non si copre il viso con le mani e non reprime i singhiozzi. Perché non fa finta di essere quello che non è. Prendere o lasciare, quello che vedi è quello che compri.

È questo che amo di lei. Una delle tante cose che amo di lei.

Il mio braccio è pesante, ma riesco a sollevarlo. Con una mano ancora infilata nel guantone le asciugo le lacrime che le scendono sulla guancia. «Non piangere, Dee».

«Mi dispiace. Mi dispiace tanto. Sono stata orribile con te».

«No… io sono stato uno stronzo. Ti avevo promesso che sarei stato paziente, e invece… non lo sono stato».

«No, avevi ragione. Avevi ragione su tutto».

Mi torna in mente che abbiamo un pubblico quando sento Ronny che ordina: «Va bene ragazzi, tutti negli spogliatoi. Diamo il tempo ai piccioncini di piangersi addosso». Mentre i ragazzi escono, Ronny scuote la testa. «Ecco perché non voglio donne nella mia palestra».

Una volta soli, cerco di mettermi seduto. Non è un tipo di conversazione che voglio fare sdraiato. Be'… a meno che non sia anche nudo.

Dee mi aiuta a sfilare i guantoni, e io mi appoggio all'angolo del ring.

Mi chiede: «Stai bene?»

«Sì. Sembra che mi sia appena passato un camion sulla faccia, ma a parte questo sto bene».

Guarda verso la porta dello spogliatoio dove è entrato Shawnasee con occhi vendicativi. «Gli bucherò le gomme prima di andare via. Ti farebbe sentire meglio?».

Mi metto a ridere.

«Non cambi mai, Dee».

Si ricompone e abbassa lo sguardo sulle proprie mani. Poi confessa: «L'idea di provare qualcosa per te, un sentimento autentico, mi ha spaventata a morte».

La sua dichiarazione non mi sorprende. Non sta dicendo niente che io non sapessi già. Ma il fatto che sia qui… significa *tutto*.

«Lo so».

«Non volevo abituarmi a stare con te, perché sapevo che se poi te ne fossi andato… sarei caduta nella disperazione più totale. Ma è troppo tardi. Sono comunque disperata. In questi ultimi giorni… non mi sono mai sentita così triste. E sola. Vuota».

«Per me è stato lo stesso».

Mi sorride con gli occhi pieni di lacrime. La sua voce trema nel dire: «Ma quando sono con te… quando mi stai vicino… mi sento bene. Mi rendi più felice di quanto credevo possibile, Matthew».

«Be', è facile allora. Basta che resti con te… sempre.

Non sarà difficile. Perché… io sono… innamorato di te alla follia».

«Sei un uomo straordinario, Matthew. Sei divertente e affettuoso, premuroso e sexy da morire. Sei… sei la cosa più bella che mi sia mai capitata». I suoi occhi sono dolci e teneri mentre fissano i miei. Mi tocca il viso con delicatezza. «Ti amo, Matthew».

Anche se sembra che la mia mascella stia per slogarsi, sorrido. È impossibile non sorridere.

La mia mano scivola sulla sua nuca e l'avvicino a me. La mia bocca sfiora la sua, con delicatezza all'inizio, poi con più ardore. La attiro più vicina, tra le mie braccia. Le nostre lingue si assaporano, piano, senza fretta, promettendosi di più.

Dee sospira e appoggia la fronte contro la mia. «Non avrei mai immaginato di dirti "ti amo" in questo modo».

«Neanch'io. Ma… ce ne ricorderemo, vero? È nel nostro stile».

«Questo è certo». Salta in piedi e mi porge la mano. «Perché siamo ancora qui?».

Riesco ad alzarmi senza il suo aiuto. Ma una volta in piedi, ricordo cosa ci ha portato fino a questo punto. «Dee, per quanto riguarda Drew e Kate…».

Mi mette un dito sulle labbra. «No. Non parleremo più di loro. Mai più. Tu non sei quel bastardo del tuo migliore amico, ormai lo so. Non voglio che lui si intrometta nella nostra relazione».

Ha ragione. La nostra relazione non riguarda Drew, Kate, Rosaline né nessuna delle teste di cazzo del suo passato. Non interferiranno, non ci possono toccare.

La cosa riguarda solo me e Dee.

Mentre scendiamo dal ring le chiedo: «Hai preso il taxi per venire qui?»

«Sì, perché?».

Sorrido. «Io sono venuto con la Ducati».

Dee è compiaciuta. «Mi è mancata la sensazione di potenza tra le gambe».

Le metto un braccio intorno alle spalle. «Oh, la potenza la sentirai... *quando* sarai a casa da me».

Dee mi passa un braccio intorno alla vita e scuote la testa. «Divertente». Poi il suo tono si fa serio, preoccupato. «Ma dovremo aspettare per sentire la potenza, perché prima di andare a casa prenderemo un taxi per il pronto soccorso».

«Cosa? No, sto bene, davvero». Inizio a frignare come un bambino di sei anni che non vuole andare dal dentista.

Dee scuote la testa. «Non voglio sentire storie, ci vai e basta. Con le commozioni cerebrali non si scherza. Ti ho appena ritrovato, non voglio rischiare di perderti un'altra volta».

Apro la bocca per controbattere, perché mi sento davvero bene, e starò ancora meglio non appena sarò a casa e porterò Dee a letto. O sul ripiano della cucina, il tavolino del salotto, contro la parete del soggiorno – insomma, avete capito.

Ma prima che riesca a replicare, lei aggiunge: «Inoltre, dato quello che ho in mente di fare con te, abbiamo assoluto bisogno di un parere medico».

Be', se la mette così...

Il giro in ospedale è stato relativamente breve, poco più di tre ore. Dopo qualche domanda e alcuni esami, il dottore mi diagnostica una commozione cerebrale minore.

Dannato Shawnasee.

La vendetta è sacra – potete giocarvi le palle che la prossima volta che andrò in palestra gliela farò pagare.

Il dottore mi ha raccomandato di fare attenzione a nausee, annebbiamento della vista e *bla, bla, bla.* Io e Dee ne abbiamo approfittato per chiedere se potevamo fare sesso.

Il medico ha risposto di sì.

Perciò, appena chiudiamo la porta di casa, iniziamo a baciarci, a strapparci i vestiti, a scambiarci effusioni – dopo sei giorni che lo desideravamo, era ora che ci mettessimo all'opera. I miei vestiti sono più facili da togliere, e quando varchiamo la soglia della camera da letto io sono già nudo.

Duro, caldo e impaziente, la mia smania di penetrarla è più forte del bisogno di respirare.

La maglietta di Dee? Via.

Il reggiseno? È sul tavolo da biliardo del salotto.

La tocco, la tengo stretta a me, godendomi la sensazione dei nostri petti nudi a contatto e della sua pelle vellutata. Armeggio con il bottone dei suoi jeans, ma lei mi ferma. Mi prende le mani e fa un passo indietro. Il suo petto si alza e si abbassa mentre riprende fiato. «Matthew… C'è una cosa che devo dirti. Io… ho fatto qualcosa. La notte scorsa».

Che io. Sia. Stramaledetto.

La notte scorsa era sabato. Il mio primo pensiero è: *Dee*

ha scopato con un altro ieri notte. E quasi mi contorco per il dolore. E la rabbia.

Lo so che, tecnicamente, non stavamo più insieme. Che avevamo rotto. E non mi posso arrabbiare.

Dannazione, sto per perdere la testa.

La perdonerò. Supererò tutto… *dopo* aver ridotto qualcosa in mille pezzi e aver dato testate al muro come un gorilla strafatto di cocaina.

Mi siedo sul letto. «Cosa hai fatto? Qualunque cosa sia io… Cazzo, dimmi cosa hai fatto».

A quel punto fa una cosa stranissima: sorride. Si sbottona i pantaloni e comincia a sfilarseli, mentre dice: «Ho pensato per tutta la settimana a quello che mi avevi detto. Al fatto di avere paura, al terrore di provarci…».

«Ho detto così perché ero arrabbiato, Delores».

«Ma avevi ragione. Quindi ho deciso di fare una cosa, per farti vedere, per *provarti* che mi fido di te. Che voglio che stiamo insieme e che voglio te… in una maniera indelebile».

Tira giù le mutandine e per un attimo rimango ipnotizzato dalla sua bellissima figa. A un tratto noto un cerotto bianco che copre un piccolo lembo di pelle sotto l'osso pelvico.

Quando lo toglie, appare un tatuaggio blu brillante che decora la sua pelle. Un tatuaggio con il mio nome.

MATTHEW

Rimango a fissarlo senza parole. Poi mi inginocchio davanti a lei e bacio la pelle morbida, tenera, vicino al mio nome.

«È adorabile. Ti amo». Ci passo sopra le dita con molta delicatezza. «Adesso sei davvero una cosa sola con me».

Delores mi tira su il viso e mi passa le mani tra i capelli. «Sì, lo sono».

Mi alzo, la cullo un po' e la butto sul letto. Poi mi tuffo anch'io.

Capitolo 20

Più tardi, quando il sole è tramontato e le lenzuola sono meravigliosamente sgualcite, dopo esserci ripetutamente sussurrati «ti amo», «mi sei mancato» e «non lasciarmi mai più» tra carezze e gemiti di piacere, mi costringo ad alzarmi.

Non è facile. Dee è nuda sul letto, con le labbra gonfie e i lucidi capelli arruffati. Resto per un momento in piedi, con i pantaloni in mano, a guardarla.

«Dio, sei bellissima».

Sorride. E so perché: adesso mi crede davvero.

Allunga la mano. «E allora non andare. Torna a letto, Matthew».

Mugugno, perché tornare a letto è proprio ciò che vorrei fare, m resisto e faccio no con la testa. «Non starò via molto. Devo soltanto andare a vedere come sta Drew, è una questione da uomini. Che amico sarei se non andassi a controllare se tante volte si fosse impiccato nella cabina armadio?»

«Saresti il tipo di amico che vuole che il mondo sia un posto migliore».

Poi vede la mia macchina fotografica sul comodino. Se la rigira tra le mani, mordendosi le labbra. «Immagino che dovrò impegnare il tempo in qualche modo... magari scattando selfie vietati ai minori con la tua macchina fotografica. Possiamo svilupparle insieme quando torni».

Resto un secondo a fantasticare, mentre alcune immagini prendono forma nella mia mente – e spero proprio siano le stesse che vedrò più tardi.

Quindi le do altri due rullini.

La bacio ripetutamente prima di riuscire a trovare la forza di dirigermi verso l'uscita. Prima che raggiunga la porta, Dee urla: «Matthew?».

Mi fermo e mi giro verso di lei.

«Ti amo».

E, come tutte le altre volte in cui ha pronunciato queste parole oggi, un sorriso sciocco e ridicolo appare sulle mie labbra. Vado di nuovo verso il letto e la bacio ancora.

«Tanto per la cronaca, non mi stancherò mai di sentirtelo dire».

Lei sorride soddisfatta. «Sbrigati a tornare».

E io mi precipito verso la moto, per riuscire davvero a sbrigarmi.

Fuori dell'appartamento di Drew, la solita storia. Busso con forza alla porta e urlo, ma l'unica risposta che ricevo è la palla da baseball lanciata contro la porta quando gli chiedo se respira ancora.

Sospiro e appoggio le mani contro la porta.

È ora di una dimostrazione d'affetto forte. Anzi, siamo già fuori tempo massimo, se proprio volete saperlo.

«Amico, devi comportarti da uomo. Qualunque cosa sia successa tra te e Kate, anche se ti sei comportato di merda, non si risolverà se non uscirai e affronterai il problema».

Nessuna risposta.

Cerco di provocarlo. «Non avrei mai pensato che ti

saresti comportato da tale codardo. Capisci che stai distruggendo l'immagine che mi ero fatto di te, vero?».

Ancora niente.

«Dài, Drew. Apri la porta. Ti ricordi come stavo dopo la storia con Rosaline? Tu c'eri per me... fammi ricambiare il favore».

Terzo tentativo, fallito.

Do qualche pugno alla porta, proprio come quelli che darei a Drew se ci trovassimo in una situazione meno grave. «Va bene, amico, fai come ti pare. Tornerò domani, va bene?».

Bam.

Scuoto la testa mentre vado verso l'ascensore. Perché domani, quando tornerò, non sarò solo. Vorrei proprio non doverlo fare, ma è stata una settimana di merda, non mi lascia scelta.

È ora di sganciare la bomba atomica.

Esco dal portone e cammino sul marciapiede. Poi prendo il telefono e faccio il numero.

Risponde dopo due squilli.

«Ehi, Alexandra. Senti, mi serve il tuo aiuto... è per Drew».

E il resto, come si dice, è storia.

Dunque, ora conoscete tutta la vicenda. Le parti che non sapevate prima e le risposte alle domande che vi tormentavano.

Quando si tratta di consigli, sono una vera frana, ma voglio lasciarvi con questo pensiero. La vita è breve, godetevela. Non vi bloccate, non fermatevi ad analizzare troppo le cose o a cercare di controllarle. Se sarete fortunati, come lo sono stato io, troverete la persona perfetta, che sarà al vostro fianco e vi terrà per mano lungo tutti i percorsi più tortuosi, tutte le salite e le discese della vita.

E questo renderà tutto più divertente.

Epilogo

Sei mesi dopo...

Las Vegas, Nevada. Elvis Chapel. Tecnicamente ha un altro nome, ma poiché l'officiante è un sosia di Elvis, viene chiamata in questo modo. Aspettiamo il nostro turno in una stanza attigua, circondati da foto autografate di celebrità che qui si sono scambiate le loro promesse nel corso degli anni.

Sono passati sei mesi da quando ci siamo scambiati il primo bacio sulla pista da ballo. Magari penserete che è troppo presto. Magari penserete che siamo pazzi. Ma per Dee e me la pazzia è la regola. Leggete come ci siamo fidanzati, per esempio:

«Signor Fisher, per favore si rimetta giù!», urla l'infermiera con espressione perentoria; ma io non la ascolto.

Che disastro.

Invece di una serata romantica nel ristorantino preferito di Dee, sono finito con un camice d'ospedale su una barella nella stanze di un dannato pronto soccorso. La sola cosa che potrebbe peggiorare la situazione potrebbe essere il furto dell'anello di fidanzamento da parte di un'infermiera dalle mani lunghe o di un barbone di passaggio.

Ho disegnato io stesso l'anello, ed è perfetto. Un impeccabile diamante di due carati circondato da smeraldi, rubi-

ni e zaffiri. È colorato, unico, proprio come Dee. Ora devo soltanto darglielo.

Recupero i pantaloni dal fondo del sacchetto di plastica fornito dall'ospedale e prendo la scatolina con l'anello da una tasca. Poi, prima che l'infermiera possa fermarmi, mi precipito verso il piccolo corridoio che porta alla sala d'attesa dove si trova Delores, che si alza non appena mi vede.

Le vado vicino e mi inginocchio. «Voglio che tu sia mia. E io voglio essere tuo. Voglio essere la ragione per cui sorridi. Voglio passare il resto della mia vita ad ascoltare tutte le tue teorie e a insegnarti la differenza tra un buon film e un film mediocre. Voglio avere ottant'anni e prenderti per mano mentre pattiniamo... e prometto di amarti ogni istante da adesso alla fine. Vuoi sposarmi, Delores?».

Sì, questa è stata la mia romantica proposta d'amore eterno.

Dee non voleva un fidanzamento lungo, e io non vedevo l'ora. La filosofia del "perché aspettare?" ci è appartenuta fin dall'inizio, e non l'abbiamo cambiata. Perciò, eccoci qui – io, Dee, Drew e Kate – a Las Vegas per un matrimonio lampo e una cerimonia grandiosa.

Mi guardo allo specchio e cerco di sistemarmi la cravatta, che però non collabora.

«Sei sicuro di volerlo fare?», domanda Drew alle mie spalle nel suo smoking su misura.

«Mai stato più sicuro, amico».

Mi arrendo alla cravatta. *Fottiti.*

«Proprio sicuro?», insiste. «Non è troppo tardi per ripensarci».

Sorrido. «Eccome se lo è».

Guarda la mia cravatta storta e si mette davanti a me per sistemarla – come un padre che aiuta il figlio adolescente a vestirsi per il ballo di fine anno. Una volta che il nodo lo soddisfa, mi appoggia le mani sulle spalle e guardandomi negli occhi dice: «Sicuro di essere davvero sicuro?».

La voce arrabbiata di Kate tuona dall'altro lato della stanza. «Drew?»

«Sì, piccola?».

«È sicuro. Non chiederglielo un'altra volta, altrimenti non ne sarò felice. E non ti piacerà affatto vedermi infelice».

Credo che abbiano visto *L'incredibile Hulk* di recente. Drew annuisce. Ma non appena Kate ci dà di nuovo le spalle, mima la domanda con le labbra: «Sei sicuro? Proprio sicuro?».

Scoppio a ridere. Perché sono sicuro.

E perché non avrei mai e poi mai immaginato che un giorno Drew si sarebbe fatto intimidire da una ragazza. Ma pare proprio così.

Non lo siamo tutti?

Mi sistemo i gemelli mentre Dee cammina verso di me con un'espressione felice negli occhi. Indossa un microabito di pizzo bianco a maniche lunghe e un paio di scarpe color carta da zucchero dal tacco a spillo. I capelli biondo ramato sono raccolti ai lati della testa, acconciata con un velo che le arriva fino alle spalle e che sembra un'aureola fissata a una coroncina di diamanti.

«A cosa stai pensando?», mi chiede.

Le cingo la vita, attirandola a me. «Pensavo alla prima volta che ti ho chiamata. Non volevo ammetterlo allora, ma credo che fossi molto agitato». Le bacio una tempia, con delicatezza. «Adesso non lo sono più».

Mi appoggia la testa contro il petto. «Nemmeno io».

In quel momento, la porta a due battenti della cappella si apre e fa il suo ingresso un Elvis tempestato di lustrini. «Siamo pronti a mettere in scena lo spettacolo, ragazzi?».

Drew e io prendiamo i nostri posti accanto all'altare. Una chitarra inizia a suonare, mentre le porte si riaprono e Kate percorre lo spazio sotto l'arcata. Con la coda dell'occhio, vedo Drew con un sorriso inebetito che segue ogni suo movimento. Mentre avanza, lui le fa l'occhiolino e lei risponde con un sorriso adorante.

Non appena Kate raggiunge la sua postazione, le porte tornano ad aprirsi, rivelando Dee a braccetto con Elvis. Mentre l'accompagna verso di me, intona la nostra marcia nuziale, *Can't Help Falling in Love*.

Delores e io siamo vicini e ci teniamo per mano, mentre Elvis pronuncia le domande di rito. «Vuoi, tu, Matthew Franklin Fisher, prendere Delores Warren come tua legittima sposa?»

«Lo voglio».

«Prometti di non trattarla mai come un *Hound Dog*, di *Don't Be Cruel*, o di lasciarla *Lonesome Tonight*?»

«Lo prometto».

«Prometti di essere il suo *Big Hunk O'Love*, il suo *Teddy Bear*, e di amarla e onorarla per il resto della tua vita, finché morte non vi separi?».

Prendo il viso di Dee tra le mani. «Sempre».

Dee sorride e piange commossa mentre le infilo la fede di platino al dito, vicino all'anello di fidanzamento.

Poi Elvis chiede a Delores: «Vuoi tu, Delores Sunshine Warren, prendere Matthew Fisher come tuo legittimo sposo?».

La sua voce è forte e chiara mentre risponde: «Lo voglio».

«Prometti di non mettere mai le sue *Blue Suede Shoes*, di non fare in modo che abbia una *Suspicious Mind*, o di lasciarlo *All Shook Up*?»

«Lo prometto».

«Prometti di essergli fedele, di mostrargli sempre la *Wonder of You*, e di nutrire nei suoi confronti sempre lo stesso *Burning Love*, finché morte non vi separi?»

«Lo prometto».

Dopo le promesse, Dee mi infila la fede al dito. E con voce solenne Elvis proclama: «Per i poteri conferitimi dallo Stato del Nevada, vi dichiaro marito e moglie». Mi dà una pacca sulla spalla. «Ora puoi baciare la sposa».

Non me lo faccio ripetere due volte. L'abbraccio e la bacio con tutto l'amore, la passione e la gratitudine che provo per lei.

Non ho idea se sia ammesso baciarsi con la lingua a un matrimonio, ma non m'interessa.

Delores si butta tra le mie braccia e io la cullo mentre ci baciamo. Kate applaude e Drew fischia. Dopo aver scattato un migliaio di fotografie, ringraziamo Elvis e usciamo. Tutti e quattro trascorriamo il resto della serata a ridere e a ballare finché non riusciamo più a tenerci in piedi.

È davvero il giorno più bello della mia vita. E questo è soltanto l'inizio.

Ringraziamenti

Al momento della pubblicazione di questo libro, sarà passato un anno da quella di *Non cercarmi mai più*, il primo volume della Tangled Trilogy. Che anno straordinario e bellissimo! Sono immensamente grata di poter lavorare con così tanti individui di talento e scrupolosi, che credono in me, in quello che scrivo e in queste storie divertenti e intense.

Grazie alla mia superagente, Amy Tannenbaum, e a tutto lo staff della Jane Rotrosen Agency per i consigli, l'incoraggiamento e il sostegno meravigliosi che mi avete dato. Grazie alla mia editor, Micki Nuding, alle addette stampa Juliana e Kristen e alla famiglia della Gallery Books per tutto quello che avete fatto: senza di voi questi libri non sarebbero mai stati così. Sarò sempre grata a Nina Bocci della Bocci PR per il superbo aiuto e l'entusiasmo. Grazie ai blogger instancabili, per aver aiutato tanti lettori a scoprire i personaggi e a innamorarsene – vi prego, non smettete mai di fare quello che fate!

Sono infinitamente grata ai miei lettori – siete i migliori del mondo. Grazie per ogni post, email e messaggio – li leggo tutti! La vostra eccitazione mi rende più umile ed è fonte di ispirazione. Grazie perché amate questi personaggi tanto quanto me.

Infine, grazie a mio marito, ai miei figli e a tutta la mia famiglia: vi amo. Grazie per la vostra pazienza e i vostri infiniti incoraggiamenti, e perché mi regalate una vita piena di prezioso materiale per le mie commedie.

Indice

Paperbacks
sezione Gli Insuperabili
Pubblicazione settimanale, 30 luglio 2015
Direttore responsabile: Raffaello Avanzini
Registrazione del Tribunale di Roma n. 16024 del 27 agosto 1975
Stampato per conto della Newton Compton editori s.r.l., Roma
presso Puntoweb s.r.l., Ariccia (Roma)